Morts pour la France

Du même auteur
aux Éditions J'ai lu

Morts pour la France
1. Le chaudron des sorcières, *J'ai lu* 7504
2. Le feu de l'enfer, *J'ai lu* 7622

Max Gallo

Morts pour la France

Suite romanesque

Tome III

La marche noire (1917-1944)

J'AI LU

Les peuples ne perdent la vie que lorsqu'ils perdent la mémoire.

Maréchal Foch.

Or tout homme a le droit d'ensevelir son fils.
Tout homme sur terre, s'il a ce grand malheur
De ne pas être mort avant son fils. Et moi seul, moi Dieu,
Les bras liés par cette aventure,
Moi seul à cette minute père après tant de pères,
Moi seul je ne pouvais pas ensevelir mon fils.
C'est alors, ô nuit, que tu vins.

Charles Péguy,
Le Porche du mystère de la deuxième vertu.

Première partie

LA DÉLIVRANCE

1

John Christopher Finlay s'adosse à la paroi de la tranchée. Le froid de la terre durcie le saisit, le pénètre, lui serre la poitrine.

Il respire difficilement. Il tousse, porte la main à sa gorge. Il craint de vomir. Il reconnaît l'odeur de la guerre.

Il l'a respirée pour la première fois sur le plateau de Varreddes, quand il a parcouru le champ de bataille de la Marne et qu'il a vu ces milliers de cadavres aux pantalons rouges ou gris-vert, aux visages et aux membres noircis, gonflés, putréfiés, les jugulaires de leurs casques incrustées dans leurs joues.

C'est une odeur douceâtre et écœurante comme celle d'une eau croupie.

Il l'a retrouvée sur les pentes du Mort-Homme, à Verdun, puis dans les tranchées de la Somme, et dans les entonnoirs du Chemin des Dames quand il fallait s'enfoncer dans la terre, s'enfouir parmi les blessés et les morts pour échapper aux tirs des mitrailleuses.

Elle peut aussi être âcre et soufrée, si forte qu'elle irrite la peau et les yeux.

Elle monte de cette boue qui s'accumule au fond des tranchées et qui clapote quand on y piétine.

Elle est l'exhalaison fétide de cette terre gorgée de chair et de sang : là, cadavres d'hommes, morceaux d'hommes, tibias, troncs, mains, têtes ; ici, restes de rats ou carcasses de chevaux.

Finlay regarde autour de lui.

Il n'a rien vu de tout cela ce matin.

Ce secteur du front au sud de Verdun, dans le saillant de Saint-Mihiel, est calme et propre. Nul débris humain. Pas de squelette perçant la paroi de la tranchée et auquel on accroche les musettes et les gourdes. Rien qui soit susceptible de hanter la mémoire de Clemenceau, des journalistes, des députés, des officiers d'état-major quand ils auront, au terme de leur visite, regagné Paris, le ministère de la Guerre où le Tigre a installé son bureau de président du Conseil, la Chambre des députés, le Sénat ou les châteaux où les généraux en chef ont établi leur quartier général.

Mais il y a l'odeur de la mort faite de sueur, de pisse, de merde et de corps qui pourrissent.

Finlay se retourne.

Il aperçoit le groupe des personnalités qui s'éloigne avec à sa tête Clemenceau, son casque cachant mal ses touffes de cheveux blancs, une vieille capote battant ses molletières.

De temps à autre, il s'arrête, échange quelques mots avec un poilu, et tout le monde se presse autour de lui.

John Christopher reconnaît Barruel, toujours au premier rang, veillant à rester aux côtés de Clemenceau dans l'espoir d'apparaître sur l'un des clichés que la presse publiera dans quelques jours. À quelques pas se tiennent Albert de Varin, Renaud Duchesnes, Vincent Marquis, journalistes et officiers autorisés à continuer d'écrire dans *L'Écho de Paris*, *Le Figaro*, *Le Temps*. Eux aussi jouent des coudes afin que Barruel ne soit pas le seul à recueillir les propos du chef du gouvernement et à les publier dans *Le Petit Parisien*. Et puis les généraux, les colonels, les députés, Maurice Flécheux auquel, ce matin, dans l'école à demi détruite où on l'attendait, Clemenceau a donné l'accolade, murmuré quelques mots avant de se tourner vers l'assistance et de déclarer d'une voix un peu voilée :

— Je n'ai qu'un seul but, messieurs : maintenir le moral du peuple français à travers une crise qui est la pire de son histoire. Je n'ai qu'une seule méthode, une seule politique. Et politique étrangère ou politique intérieure, c'est tout un. Politique intérieure : je fais la guerre. Politique extérieure : je fais la guerre. Je fais toujours la guerre !

Comme tous les autres, Finlay avait commencé d'applaudir, mais d'un geste vif, levant ses mains gantées de gris, Clemenceau avait réclamé le silence, ajoutant sur un ton cassant que le lieu exigeait dignité et modestie :

— Nous ne sommes pas à la Chambre. Nous allons apporter à des Français sublimes l'hommage auquel ils ont droit. Ce sont eux qu'il faut applaudir. Nous ne le ferons pas : car les Boches nous entendraient, et j'imagine que vous ne tenez pas – et nos poilus non plus – à attirer leur attention…

Personne n'avait ri et, après la distribution des casques, on s'était mis à marcher en silence dans l'aube naissante de ce 7 janvier 1918.

Finlay s'était trouvé aux côtés de Maurice Flécheux qui lui avait pris le bras.

— Clemenceau est un bougre extraordinaire, n'est-ce pas ? avait-il dit. C'est le plus vieux mais le plus leste, le plus endurant d'entre nous. Un vrai poilu !

Savez-vous ce qu'il m'a chuchoté ? « Voilà soixante-seize ans que je les emmerde, Flécheux, et je vais continuer jusqu'au bout ! » Poincaré enrage, mais comme c'est un patriote, il avale toutes les couleuvres. Ils étaient l'autre jour côte à côte à l'occasion d'une visite au front dans le secteur de Péronne, et j'ai entendu – ce n'est pas un on-dit que je rapporte, j'ai été témoin de la scène –, j'ai entendu Clemenceau balancer à Poincaré en s'esclaffant : « Au fond, il y a deux organes inutiles : la prostate et le président de la République ! » Vous imaginez la tête du président sous sa casquette de chauffeur de maître ! Plus ridicule que jamais...

Flécheux s'était penché et avait chantonné :

Quand Poincaré traverse l'avenue
Pour célébrer leur bonheur
Tous les électeurs
Se mettent à crier bien haut :
Vive Clemenceau !

— Voilà ce qu'on entend, mon cher. Les Français sont un peuple impitoyable !

Le député avait serré le coude du journaliste.

— Regardez Barruel : il fait sa cour. Il ne connaît pas le Tigre ; celui-ci, d'un coup de patte, va le dévorer ou l'écrabouiller. Il hait la servilité. Mais Barruel va lui lécher les molletières pendant toute la visite, et je vous conseille de lire l'article qu'il publiera : ce sera grandiose ! Naturellement, pour complaire à Clemenceau, il réclamera l'arrestation de Caillaux, celle de Malvy, et leur condamnation à mort. Vous savez qu'il vous hait ? Il a tout tenté pour obtenir votre expulsion, faute de pouvoir vous faire arrêter et – mais oui ! – exécuter ! Seulement, vous vous êtes conduit en héros au Chemin des Dames, c'était à la fois courageux et habile. Il ne peut plus grand-chose.

Mais méfiez-vous d'un cocu : c'est une espèce perverse, et Barruel ne vous pardonnera jamais de vous être affiché avec Isabelle Saynac. Elle est à lui, pense-t-il. Et elle ne réussira pas de sitôt à se débarrasser de lui. Il colle, mon cher! Et puis, une jeune pensionnaire de la Comédie-Française, ça le pose. S'il se laisse mettre à la porte, sa vanité sera atteinte. Elle l'est déjà, d'ailleurs, car Isabelle proclame partout qu'elle ne couche plus avec lui, mais avec vous, et qu'elle est chez elle rue de Savoie, qu'elle lui interdira bientôt d'entrer, même si son barbon est le propriétaire ou le locataire en titre – je ne sais plus – de l'hôtel particulier. Qui peut en effet penser qu'il osera la faire expulser? C'est une situation inextricable. Ils sont chacun dans leur tranchée! Il faudrait que l'un de vous deux meure. Vous allez voir : il va vous inviter à monter en ligne avec une division américaine!

Flécheux s'était interrompu, avait juré, puis marmonné :

— Il va se faire tuer! Il est fou!

Comme lui, Finlay avait vu Clemenceau escalader le parapet, puis, debout, brandir les poings en direction des tranchées allemandes et crier :

— Cochons! Salauds! On vous aura, à la fin!

Puis il avait sauté dans la tranchée avec l'agilité d'un jeune homme.

— Il espérait peut-être bien se faire tuer..., avait murmuré John Christopher.

— Vous ne le comprenez pas! Provocateur, courageux, téméraire : voilà ce qu'il est, avait répondu Flécheux. Il entend montrer à tous, à vous comme à moi, comme à tous ceux-là – il avait désigné les personnalités qui entouraient le président du Conseil –, aux poilus aussi, qu'il ne craint pas la mort. Un chef de gouvernement qui risque sa peau, qui offre sa vie, ça n'est pas si courant. Étonnez-vous, après, qu'il soit si populaire!

Finlay avait retenu Flécheux et chuchoté :
— Vous savez ce qu'on écrit aussi :

Déjà drapé dans son linceul
Clemenceau dit : je fais la guerre
Hélas, pleure un humanitaire
C'est qu'il ne la fait pas tout seul...

— Vous êtes un pacifiste, un anarchiste, un indécrottable socialiste! avait lancé Flécheux en s'éloignant.
Finlay s'était appuyé à la paroi de la tranchée et avait senti l'odeur.

Il observe les poilus qui ne prêtent aucune attention à lui.
Certains sont accroupis à l'entrée de leurs cagnas creusées dans les flancs de la tranchée. Hirsutes, ils s'épouillent, les mains et les ongles noircis. D'autres écrivent, une photo posée sur les genoux. Certains sculptent de grosses branches, creusant dans l'écorce des spirales qui s'entrelacent. La plupart somnolent, une grosse pipe à tuyau recourbé serrée au coin de la bouche. Leurs capotes sont couvertes de boue séchée. De temps à autre, quelques-uns se redressent, suivent des yeux les personnalités qui parcourent la tranchée, s'arrêtant lorsque Clemenceau interpelle l'un des soldats qui, debout sur une marche creusée dans la paroi, guette, à l'abri de quelques sacs de terre, le fusil et les grenades posés à portée de main sur le parapet.
Finlay ferme les yeux.

Il pourrait rester là, ne pas rejoindre les autres journalistes, les députés, les officiers : qui le rechercherait ? Qui, si une balle ou un éclat d'obus le frappait, se soucierait de lui ? Enseveli dans un morceau de toile, englouti par la terre et l'oubli...

Aujourd'hui, 7 janvier, il a trente et un ans. Qui s'en souvient ? Il n'a dans ses poches aucune de ces photos de femmes ou d'enfants, de proches que les poilus, assis à quelques pas de lui, sortent de leurs portefeuilles, se passent l'un à l'autre et contemplent.

Rien. Parents morts. Un frère aîné, George Lewis, qui utiliserait sans doute sa disparition pour renforcer sa position auprès du président Wilson : « John Christopher est mort en héros », dirait-il, et il murmurerait : « Cet idiot l'a bien cherché. »

Peut-être un voile de tristesse ternirait-il quelques jours le regard d'Isabelle Saynac. Mais elle le rejetterait vite, enivrée chaque soir par les acclamations des spectateurs, éblouie par les lumières du Théâtre-Français, emportée par la haine dont elle poursuivait Barruel.

Elle répétait chaque fois qu'elle voyait John Christopher : « Qu'est-ce qu'il croit, Barruel, que je lui ai pardonné ? C'est un monstre, Chris ! Il me harcèle. Il me lit ses articles, mais ils me font vomir ! Il parle de la France, du sacrifice, du châtiment des espions ; il veut qu'on fusille à tour de bras, mais il n'est préoccupé que de lui-même. Il est vieux. Les femmes, c'est fini pour lui. Alors la mort des jeunes, ça le rassure. Il est fou, Chris ! Ou même pas, ou pire : seulement un salaud, un immonde calculateur. Il a fait revenir à Paris Denis, pour m'avoir. C'était le marché. Et puis, il l'a renvoyé en première ligne pour qu'on le tue, parce qu'il était jaloux, qu'il espérait me garder pour lui. Mais tu es là ! Méfie-toi de lui, Chris...

Finlay rouvre les yeux.

Le capitaine Lucien Lévy, qu'il a connu il y a déjà près de quarante mois sur le plateau de Varreddes, au milieu des morts de la bataille de la Marne, est campé devant lui. Il fait maintenant partie du cabinet de Clemenceau.

Lévy lui pose la main sur l'épaule.

— On vous attend, dit-il

Il entraîne Finlay qui se retourne : les poilus n'ont pas relevé la tête.

2

Finlay ne quitte pas des yeux Lucie Mourier.

Debout, le corps un peu penché en avant, les bras tendus, il appuie ses deux poings à la large table qui lui sert de bureau et qui occupe l'un des angles du salon.

Il n'a pas bougé, pas proféré un mot depuis que Lucie Mourier est entrée dans la pièce, jetant un coup d'œil à Finlay puis se tournant vers Jeanne, attendant que la domestique ait refermé la porte pour commencer à parler.

Elle ne regarde pas son interlocuteur, mais va et vient dans le salon d'un pas saccadé. Elle s'arrête parfois devant la bibliothèque, porte les doigts de sa main gauche à ses lèvres, se tait quelques secondes, puis reprend d'une voix aiguë ponctuée tout à coup d'inflexions graves.

Il l'écoute. D'un geste – mais l'a-t-elle vu ? –, il l'a invitée à ôter son manteau et à s'asseoir.

Elle continue à déambuler, ses mains gantées serrant son sac comme si elle s'apprêtait déjà à ressortir.

Elle se dirige vers la porte-fenêtre qui donne sur le balcon. Elle pose son front contre la vitre, l'air fascinée par la neige qui, ce 16 janvier 1918, tombe depuis la fin de matinée, et le ciel est si bas que la nuit est déjà là, rayée seulement par quelques phares de voitures qui roulent lentement sur le boulevard Raspail, leurs capotes recouvertes – comme les toits et la chaussée – par une épaisse couche d'un blanc brillant.

Lucie Mourier se retourne, ôte lentement son chapeau.

Elle a les cheveux plus courts, plus blonds que Finlay ne l'avait imaginé lorsqu'il avait remarqué, au cimetière Montparnasse, le jour de l'inhumation de son frère, qu'elle avait coupé ses mèches et suivait donc la mode.

Elle déboutonne son manteau. Elle porte une jupe plissée noire qui ne lui couvre pas le bas des mollets. Sa taille est serrée par une ceinture qui fait ressortir la rondeur des hanches. Un gilet de velours noir à trois boutons souligne la poitrine.

Finlay détaille ces formes, ces vêtements. Il s'étonne, comme si le manteau ample et droit avait jusque-là caché une autre femme.

La voix dure, si haut perchée, masque peut-être elle aussi une autre personne, celle qui dit à présent – et le ton n'est plus le même, tout à coup :

— Je suis fatiguée. J'aimerais m'allonger, et que la neige me recouvre. J'ai fait cela, une fois, quand j'étais petite, je devais avoir cinq ou six ans. C'était si doux, je n'avais pas froid... C'est mon frère qui m'a retrouvée.

Elle s'interrompt.

— Dans les tranchées, sous la neige..., murmure-t-elle.

Il a déjà pensé plusieurs fois, depuis que la neige tombe, aux hommes des tranchées du saillant de Saint-Mihiel, aux poilus recroquevillés dans leurs cagnas, aux guetteurs qui ont passé sur leur capote un gilet en peau de mouton que leurs parents restés à la ferme leur ont envoyé.

Il a revu ces visages hirsutes, ces mains et ces ongles noircis. Il a eu honte d'être allé là-bas en visite, comme on se rend, plein de compassion, au chevet d'un mourant qu'on laisse crever, en l'oubliant sitôt la porte refermée, la rue retrouvée.

— On ne se bat plus guère, lui avait dit le capitaine Lucien Lévy en marchant à ses côtés et en rejoignant le groupe des personnalités. On attend les Américains. De leur côté, les Boches attendent qu'arrivent du front russe leurs propres divisions. D'ici là, tout restera paisible. Après, ce sera aussi brutal, aussi dur qu'en août 1914, comme une nouvelle guerre, mais avec déjà un million de morts et près de quatre ans dans les jambes, une agonie, mon cher Finlay. Et il faudra quand même se redresser !

Alors la neige, comme un adversaire de plus qui prépare son coup, quand viendra la fonte et que les eaux envahiront les tranchées, les cagnas, que la boue coulera, poisseuse.

D'ici là, peut-être que l'absence de visibilité, le plafond bas des nuages empêcheront les tirs d'artillerie, les embuscades, les patrouilles. On pourra rester terré à écouter le silence.

Aujourd'hui, à Paris, les escadrilles de Gotha n'ont pas survolé ni bombardé la ville comme elles le font presque chaque jour.

À la guerre un instant de gagné, pendant lequel la mort s'assoupit, c'est une grâce, un miracle.

Lucie Mourier retourne vers la fenêtre. Elle ôte ses gants doigt après doigt.

— Ils sont là, reprend-elle. Vous vous souvenez, au cimetière, ils étaient déjà là : deux. Ils ne m'ont pas lâchée depuis lors. Il y a une dizaine de jours, le 5 ou le 6, ils sont venus rue Laplace, chez moi. L'un d'eux, un commissaire nommé Oriani, m'a parlé de vous. Il m'a conseillé de ne plus vous voir. « Il était l'ami de Juliette Dumas, m'a-t-il dit. On l'a fusillée, et lui s'en est tiré parce qu'il est américain. Il veut se servir de vous. Il était au cimetière pour vous attendrir. C'est un type trouble. Mais il est malin. Ce sont les autres qui paient la note. Méfiez-vous ! »

Elle ne le regarde toujours pas.

— « Méfiez-vous de Finlay », répète-t-elle. Voilà ce que m'a conseillé le commissaire Oriani.

Elle se tait l'espace de quelques secondes.

— C'est un homme effrayant, ajoute-t-elle. Il est amputé du bras gauche, il a un crâne écrasé, de petits yeux enfoncés, un ton doucereux. C'est lui qui m'a interrogée et qui a dirigé la perquisition. Il a saisi toutes les lettres de condoléances. Je les avais gardées. Je m'en veux. Il a fouillé la bibliothèque, ouvert chaque livre. Il m'a montré avec dégoût celui de mon frère, *Les Nôtres* : « C'est un titre honteux, a-t-il dit. Votre frère a été un combattant courageux, je le respecte pour cela, mais ce n'était pas un patriote ; ce n'est pas pour la France qu'il se battait. En fait, il n'était pas des nôtres. Ce titre ? Une tromperie pour masquer la trahison, la désertion ! » Je me suis jetée sur lui. On m'a retenue, giflée. Oriani a donné l'ordre qu'on me relâche. Mais ils m'ont amenée à Ponthierry, dans notre propriété que vous connaissez.

Elle baisse la tête.

— C'est là qu'enfant je me suis couchée dans la neige, c'est là qu'elle m'a jadis ensevelie. Le bruit des flocons faisait comme des frottements d'ailes à peine perceptibles. J'ai imaginé que j'étais une fleur recouverte par un essaim d'abeilles qui me protégeait, que je les aidais à faire leur miel. J'adore le miel. C'est ce jour-là que j'ai décidé d'écrire des fables.

Elle relève la tête.

— C'est ce que je fais depuis lors : j'écris pour les enfants.

Elle s'éloigne de la fenêtre.

— À Ponthierry, ils ont perquisitionné pendant toute une journée. Ils ont lu toutes les lettres. J'ai entendu Oriani dire : « Mourier a sûrement correspondu avec Caillaux, Malvy et Briand. Je veux qu'on trouve ces lettres, elles sont ici, j'en suis sûr ! Je me moque des inconnus. Laissons ces pauvres types tranquilles. Ce sont des victimes et des naïfs. Je veux les grosses têtes, les *messieurs*, ceux qui n'ont jamais mis les pieds dans la boue des tranchées et qui nous tirent dans le dos ! » J'ai crié. Il s'est bouché les oreilles. Il m'a dit qu'il avait été scalpé par un éclat d'obus et qu'il avait une coupole de métal sous la peau pour protéger sa cervelle. Je n'ai pas su quoi lui répondre. J'ai passé tout le reste du temps à regarder la Seine et les péniches.

Elle s'approche du bureau. Elle s'y appuie, ses mains proches de celles de Finlay.

— Vous vous souvenez ? Vous m'aviez assuré, au cimetière, que je pourrais compter sur vous, vous appeler. Mais j'ai préféré venir. Oriani m'a menacée. Il a dit que si je ne témoignais pas, il allait m'inculper de complicité avec mon frère pour recel de documents mettant en danger la Défense nationale. Je suis sûre qu'ils vont inventer quelque chose.

Elle s'éloigne du bureau.

— Henri me répétait que je pourrais m'en remettre à vous après sa mort. Il savait qu'il ne survivrait que quelques mois. Vous êtes le seul à être venu au cimetière. Mon frère me disait que vous étiez fidèle en amitié, et courageux, capable de prendre des risques si vous étiez convaincu qu'il s'agissait de défendre la vérité et la justice.

Elle s'en revient vers la table de travail.

— Ils ont arrêté Caillaux. Pourquoi ne m'arrêteraient-ils pas ? Ils ont besoin de coupables puisqu'on ne gagne pas, qu'on ne sait pas finir cette guerre… alors que tout le monde le souhaite, tout le monde !

Elle s'assied ou plutôt se laisse tomber sur le canapé, cache son visage dans ses paumes.

Peut-être pleure-t-elle.

Finlay quitte son bureau et s'approche.

3

Il s'arrête sur le seuil du grand salon.

On le frôle. On le bouscule. Les invités de la marquise Mosca-Visconti continuent d'affluer, de s'avancer. On le pousse. On l'entraîne.

C'est Riccardo Capponi qui rentre d'Italie et qui parle fort, comme s'il voulait prendre à témoins tous ceux qui l'entourent.

— Mon cher, depuis votre séjour, nous avons retourné la situation. Nous préparons une contre-offensive qui sera fulgurante. Nous allons vous surprendre, Finlay, et les Français aussi…

Il lève la main comme s'il ne se contentait pas d'avertir le journaliste, mais le menaçait :

— Nous allons gagner la guerre sur l'Isonzo, sur le Piave, nous entrerons dans Vienne et c'en sera fini de l'empire des Habsbourg. Vous verrez, Finlay !

Il se glisse entre les invités et lui lance encore :

— Mussolini me parle souvent de vous. Vos chroniques sont superbes, dit-il. Mais…

À nouveau, l'Italien lève la main.

— À mon goût, il leur manque un peu de la flamme sacrée de l'héroïsme. Vous êtes trop froid, Finlay, laissez-vous aller !

John Christopher recule vers les grandes tentures bleues qui masquent toutes les fenêtres. Avec ses boiseries dorées, ses lambris, ses hauts candélabres, ses lustres à pendeloques de cristal, ses ors et ses marbres, ses domestiques en livrée, le grand salon ressemble ainsi à une scène où chacune, chacun est tout à la fois acteur et spectateur.

Au centre de la pièce, sous la grande rosace peinte, quand la foule des invités reflue et laisse un passage – cela ne dure qu'un instant –, Finlay distingue, imberbes et poupins, quelques officiers américains, ceintures et baudriers luisants, cambrés, nuques et tempes rasées. Parmi eux, le général Pershing paraît un vieil homme gris. La marquise Mosca-Visconti pendue à son bras, le présente à des jeunes femmes aux épaules nues, aux cheveux coupés court. Le visage poudré, les yeux cernés de noir, les lèvres d'un incarnat brillant, elles exhibent des colliers à plusieurs rangées de perles qui couvrent leurs seins, et leurs robes échancrées, pailletées, laissent voir leurs mollets.

— Elles sont folles de vous autres, lance Maurice Flécheux en saluant Finlay. Un Américain passe et – il hésite, cligne de l'œil – les voilà tout humides ! Mais ils les déçoivent : pas assez généreux. Ils comptent leurs dollars, et vous connaissez les femmes et les filles : si vous payez, vous êtes le roi, un homme admirable ; sinon, un pauvre type. Et ce n'est pas parce que vous parlez américain, que vous mâchez du chewing-gum et roulez en side-car que le jugement va changer. Et puis, il y a autre chose : Mme Clarisse me dit que ses pensionnaires sont frustrées ; vos *boys* laissent espérer beaucoup, avec leurs larges épaules, leurs gueules de boxeurs, mais hop ! ils ont trop vite fait de tomber ivres morts, et ronflent jusqu'au lendemain.

Barruel s'approche, écoute, décoche une œillade à Finlay.

— Sur ce terrain-là, en tout cas, notre ami est plus français que nous. « Le bon vin m'endort, l'amour me réveille encore… », n'est-ce pas ?

Il s'éloigne.

— Amer, le cocu, persifle Flécheux.

Finlay s'écarte. Il lui semble ne voir autour de lui que des visages grimaçants.

La marquise Mosca-Visconti lui fait signe d'approcher, elle se penche vers le général Pershing et lui murmure quelques mots. Finlay s'incline, mais ne s'avance pas. La marquise insiste, menton levé, le visage souriant mais impérieux. Elle se tourne : sur sa blouse blanche d'infirmière resplendit la tache rouge sang d'une décoration.

— Légion d'honneur, Finlay ! lui souffle Albert de Varin.

Il est en uniforme de chasseur, les cinq galons de colonel brillent sur sa manche. Il est accompagné d'une jeune femme rousse plus grande que lui, le buste serré dans un pourpoint vert piqueté d'éclats d'argent.

— Maïa Lobatchevsky, la présente-t-il. Elle arrive de Petrograd : une odyssée ! Les glaces du Grand Nord, les sous-marins allemands. Enfin, elle est ici. C'était une amie proche de notre ambassadeur. Elle incarne la noble Russie.

La jeune femme reste impassible.

— Savez-vous qu'elle connaît Rosa di Bellagio, notre comtesse ? Notre belle Italienne serait l'une des égéries de Lénine, n'est-ce pas ?

Maïa sourit, son visage exprime une indifférence ironique.

— Elles sont nombreuses, répond-elle. Lénine aime les étrangères : françaises, italiennes, allemandes... Peut-être parce que les femmes russes ne l'apprécient pas.

Elle rit et, comme elle incline un peu la tête en arrière, ses seins gonflent son corsage.

— Racontez-moi, Finlay, reprend Albert de Varin. Expliquez-moi plutôt ce message de Wilson du 8 janvier, ces quatorze points : libre circulation sur les mers, fin de la diplomatie secrète, pas de conquête, que sais-je encore... et cette Société des Nations qu'il faudrait bâtir. De quoi s'agit-il : du prêche d'un pasteur qui prend le monde pour un temple ou bien d'une habile manœuvre du président, assisté par votre frère, pour instaurer la domination américaine sur l'Europe, donc sur le monde, en dictant les conditions de la paix et en dessinant déjà le passage à l'après-guerre ? Mais la guerre n'est pas finie, Wilson devrait le comprendre ! Écrivez-le, Finlay. Nous fêtons ce soir l'arrivée du trois cent millième *Sammy* en France. Il nous en faut six fois plus si nous voulons résister à la pression allemande quand les divisions venues de Russie nous attaqueront...

Finlay se borne à murmurer quelques mots. Il devrait cependant répondre point par point, rassurer Albert de Varin, le convaincre que Wilson ne veut en rien imposer l'ordre américain, dépouiller la France de ses colonies en favorisant leur émancipation, ou encore protéger les intérêts futurs de l'Allemagne.

Telle est explicitement la mission que lui a confiée l'ambassadeur Preston Caffery en insistant pour qu'il se rende à l'invitation de la marquise Mosca-Visconti :

— Vous connaissez son influence, Finlay, lui a dit le diplomate. Ses réceptions sont des carrefours, des lieux de rencontre. On y fait l'opinion. Or ces Français ne nous comprennent pas. Ils s'impatientent. Ils nous attendent. Vous devez leur expliquer les quatorze points du président. Vous avez entendu Clemenceau, à la Chambre...

Finlay était dans la loge de la presse, au Palais-Bourbon. Il y avait retrouvé Jean Rouvière, journaliste à *L'Excelsior*, perdu de vue depuis août 1914 quand, engagé volontaire, puis hospitalisé au Val-de-Grâce, celui-là même qui avait demandé à le voir après avoir été blessé sur le front d'Alsace. Ç'avait été le premier témoignage sur ce qu'était vraiment cette guerre, qu'on imaginait alors courte, finie dès l'automne, et où l'on montait encore à l'assaut en pantalons rouges, baïonnette au canon.

Rouvière était en permission, commandant d'un bataillon sur le front, vers Péronne. Il avait chuchoté tout au long des interventions des députés. L'un, socialiste, demandait qu'on accordât des passeports à des membres de son parti pour se rendre à Petrograd. L'autre voulait obtenir qu'on libérât les plus vieilles classes, ces hommes qui avaient plus de quarante ans et qui étaient mobilisés depuis 1914.

— Il en reste quelques-uns, avait indiqué Rouvière. Les autres sont morts. Et vous, Finlay ?

Il avait pointé le doigt sur le ruban de la Croix de guerre qui rayait le revers de sa veste.

— On m'a dit que vous aviez combattu au Chemin des Dames ?

Il avait dodeliné de la tête.

— Ne devraient avoir le droit de parler, d'écrire sur la guerre et sur les poilus que ceux qui l'ont faite, qui ont côtoyé des combattants non pas au cours d'une visite de quelques heures, mais pendant une attaque ou un bombardement.

Du regard, il avait montré Barruel, assis au premier rang de la loge :

— J'ai lu dans *Le Petit Parisien* son article relatant la visite de Clemenceau dans le saillant de Saint-Mihiel. Un bel exercice de style. J'aimerais mettre un casque sur la tête de Barruel et le pousser vers les lignes allemandes pour une patrouille de nuit. Ce serait amusant, non ? Mais il reste que notre vieux Tigre est impressionnant. Il fallait un homme comme lui pour tenir le pays. Les gens veulent que ça finisse – et qu'on gagne, bien sûr !

Il avait grimacé :

— Bientôt quatre ans, Finlay. Beaucoup de mes hommes ont, comme moi, été blessés une ou deux fois. C'est difficile de sortir de la tranchée quand on a une cicatrice à peine refermée, encore douloureuse.

Il s'était tu : Clemenceau montait à la tribune, et, avant même d'avoir posé ses mains sur le pupitre, commençait à parler d'un ton vif :

— Je n'ai pas recherché le pouvoir. Je n'ai pas courtisé les puissances...

— Il se répète, avait chuchoté Rouvière, et il ment. Tout le monde sait qu'il a voulu le pouvoir. Il l'a. Tant mieux ! Mais qu'il ne nous rejoue pas ce refrain-là !

— Quant à la Société des Nations, poursuivait Clemenceau, si demain vous me proposiez d'y faire entrer l'Allemagne, je n'y consentirais pas. Car quelles garanties pourriez-vous m'offrir ? la garantie d'une signature ? Allez donc demander aux Belges ce qu'ils pensent de la signature de l'Allemagne ! Pour fonder la Société des Nations, il faut des peuples capables de se libérer... Seulement, voilà le terrible de l'affaire : l'Allemagne ne se libère pas, elle ne rejette pas le militarisme prussien, elle s'en fait l'instrument...

— Coriace, Clemenceau, avait commenté Rouvière. Wilson aura du mal à le convertir. Croyant contre athée : débat sans fin, mon cher Finlay. C'est la vie... ou plutôt la mort qui tranche !

— Donc, vous arrivez de Petrograd ? demande Finlay en se tournant vers Maïa Lobatchevsky.

— Vous ne me répondez pas, proteste Albert de Varin en passant son bras sous celui de la jeune femme. Mais sachez – et écrivez-le, expliquez-le à votre frère pour qu'il en avertisse le président – que nous ne nous laisserons pas voler notre victoire. Car nous allons battre l'Allemagne, en dépit de ces Lénine et de ces Trotski qui nous trahissent et ont livré une portion de leur pays aux Boches en échange du pouvoir !

Il se tourne vers Maïa Lobatchevsky, qui semble ne pas avoir entendu, et reprend :

— Clemenceau citait je ne sais quel stratège chinois qui aurait dit : « Le vainqueur, c'est celui qui peut, un quart d'heure de plus que l'adversaire, croire qu'il n'est pas vaincu. »

Albert de Varin hoche la tête.

— Clemenceau, je ne devrais pas l'aimer… C'est un bleu, un Vendéen républicain, un jacobin qui exalte Robespierre et regrette le temps où la machine du docteur Guillotin était dressée place de la Concorde. Je plains Caillaux et Malvy, et Luı´s Maurin de Montalban. Clemenceau, à la Convention, aurait voté des deux mains la mort du roi. Mais j'admire le patriote résolu qui dit : « Je continue de faire la guerre et je continuerai jusqu'au dernier quart d'heure… »

— Donc, vous connaissez la comtesse Rosa di Bellagio ? interroge Finlay en se tournant vers la jeune slave sans prêter cas au monologue de Varin.

— Comtesse ? sourit Maïa Lobatchevsky. Il n'y a plus de noblesse en Russie. On ne coupe pas les têtes, comme on l'a fait ici – elle passe lentement son doigt sur son cou –, on tue d'une balle dans la nuque, ou à la mitrailleuse. Parfois aussi on pend, ajoute-t-elle, mais il faut attacher la corde, faire un nœud coulant, prévoir un tabouret ou une chaise, une table aussi peut servir – ce n'est pas aussi expéditif que le revolver, le fusil ou la mitrailleuse. On doit ce progrès à la révolution prolétarienne, n'est-ce pas ?.... Rosa di Bellagio est une femme qu'on ne peut pas oublier : je me trompe ?

— La passion de Finlay pour la comtesse a fait jaser durant des mois, dit Varin. Il a même été tenté de devenir bolchevique pour ses beaux yeux !

— À ma connaissance, reprend Maïa Lobatchevsky, Rosa di Bellagio elle-même, n'a pas tué...

L'expression de la jeune femme se durcit. Elle serre les mâchoires.

— mais elle a mis dans les têtes le désir de tuer. C'est comme si elle en avait donné l'ordre et comme si, en même temps, elle avait tenu le bras des assassins en leur apprenant à viser.

— On a beaucoup tué avant elle en Russie, et depuis plusieurs siècles, réplique Finlay le visage rembruni. Depuis 1914, quelques millions d'hommes, n'est-ce pas ?

Il tourne le dos à Albert de Varin et à Maïa Lobatchevsky et se dirige vers les buffets.

Assis dans l'un des petits salons, il boit, puis reste tête baissée, les avant-bras appuyés à ses cuisses, tenant sa coupe de champagne à deux mains. Autour de lui, le murmure de quelques invités, et, venant du grand salon, le brouhaha des conversations, des éclats de voix, des rires, comme une forte houle recouvrant tout.

Il se souvient de ce Noël 1915 fêté ici même. Juliette Dumas avait été, avec Isabelle Saynac, l'une des « vendeuses » – le mot avait été employé par la marquise Mosca-Visconti – des billets de la loterie tirée au bénéfice des poilus. Il avait échangé ce soir-là quelques mots avec le caporal Léon Dumas, le cousin de Juliette.

Deux ans ont passé. La marquise porte sur sa blouse la Légion d'honneur. Et l'on a décerné cette même décoration au sergent-chef Léon Dumas, blessé, sans doute en convalescence à l'hôpital de Périgueux. Juliette, elle, a été fusillée. Lui´s Maurin de Montalban, qui paradait le même soir, fier d'avoir imposé sa maîtresse comme chanteuse étoile du théâtre Majestic, est emprisonné.

Barruel avait écrit : « Il faut, pour cet espion, ce corrupteur de l'âme et de la race françaises, un jugement digne de la Convention, puisque nous vivons, comme en 1794, les temps terribles de la Patrie envahie. »

Quant à Isabelle Saynac, elle continue de cohabiter avec ce Barruel qu'elle méprise et qu'elle hait.

Finlay se lève, s'approche des buffets, se fige. Il ne se sent décidément pas le courage de côtoyer ces corps serrés les uns contre les autres et qui se pressent devant les tables.

Il reconnaît Isabelle Saynac. Elle porte l'une des robes les plus courtes, prolongée par des franges dorées, scintillantes.

Elle se retourne. Elle a un sourire de connivence comme pour lui suggérer – ils l'ont fait tant de fois – de rentrer avec elle chez lui, et peu importent le regard des autres ou la jalousie de Barruel.

Il baisse les yeux. Il est mal à l'aise de se trouver là, mêlé à cette foule d'invités avides, alors que tant d'hommes croupissent dans les tranchées, exposés à l'acier, au gaz, au froid.

Il regarde pourtant ces corps de femmes que les robes dessinent et révèlent. Elles sont jeunes. Les hommes qui les escortent ou les entourent sont pour la plupart plus âgés qu'elles, et c'est peut-être pour occuper cette place-là que tous se battent et s'entre-tuent depuis le début des temps.

Et tout le reste – les buts de guerre, les ambitions, les idées, les revanches... – pour masquer ce désir, cette première source de la haine, cette envie de posséder encore les femmes alors qu'on est vieux, si vieux, et que les jeunes hommes sont si séduisants. Alors, tuons-les ou faisons-les tuer!

Il se souvient d'Isabelle Saynac parlant de Barruel et de ces obsessions-là.

Il s'éloigne.

Il ne veut pas attendre Isabelle Saynac. Il songe à Lucie Mourier. Elle portait une robe à peine plus longue que celle d'Isabelle. Il avait essayé de la rassurer. Dans l'entrée de son appartement, au moment de la quitter, il l'avait prise aux épaules. Il avait eu la tentation de la serrer contre lui, mais il avait éprouvé un instant de lassitude, comme un avant-goût de la peur ou de l'ennui qui allaient suivre si elle s'était laissée aller, si elle n'avait pas dérobé ses lèvres, écarté son corps.

Il regrette d'avoir renoncé, de s'être contenté de lui tenir longuement la main.

Il traverse les salons, gagne le hall. Le brouhaha s'estompe.

Il devine l'étonnement des domestiques, surpris qu'il quitte déjà la réception.

Il commence à descendre l'escalier de marbre qui conduit à la rue de Saint-Simon sur laquelle donne une des façades de l'hôtel particulier de la marquise Mosca-Visconti.

Il entend des pas derrière lui.

Il ne se retourne pas. On l'appelle. Il reconnaît la voix d'Isabelle Saynac.

Il l'attend sur la dernière marche.

4

Bras croisés, assis en face de Léon Dumas, Finlay le regarde manger. Penché en avant, sa poitrine touchant le rebord de la table sur laquelle il appuie ses coudes et ses avant-bras, Dumas ne lève pas la tête. Seules ses mains et ses mâchoires bougent, mais avec lenteur. Il mâche longuement. Il brise le pain au-dessus de son assiette, l'écrase, sauce avec soin, essuyant le rebord du plat, repoussant vers le centre les haricots blancs, les morceaux de viande et de lard, les bouts de saucisse. Parfois, sans même reposer sa fourchette, il boit une gorgée de vin, puis lisse sa courte moustache du dos de la main droite, et, à cet instant-là seulement, il se tourne vers Jules Farlat, le député-maire de Périgueux, installé à ses côtés sur la banquette, et jette un coup d'œil à Finlay, puis observe quelques secondes cette salle de la brasserie du Dôme, bruyante et enfumée.

Finlay avait choisi une table isolée dans le coin le plus sombre, le plus éloigné de la terrasse.

— Un lieu discret, n'est-ce pas? avait insisté Jules Farlat au téléphone.

Il avait toussoté, parlé encore plus bas :

— Vous comprenez, en ce moment, dans cette atmosphère... Je suis député radical. J'étais considéré comme proche de Caillaux : c'est vrai et c'est faux. Je n'étais pas d'accord avec lui, mais j'avais pour lui de l'estime, et j'étais partisan de l'impôt sur le revenu.

Mais, aujourd'hui, qui se soucie de ces nuances ? Alors...

Il avait à nouveau toussé, continué d'une voix presque inaudible, obligeant Finlay à le faire répéter.

— Dumas veut vous voir. Pourquoi pas ? C'est un héros ; on n'a rien à lui reprocher. Mais si quelqu'un veut me nuire – et, quand on est député-maire, on se fait des ennemis –, il dira m'avoir vu en compagnie du cousin d'une espionne fusillée et d'un étranger suspect...

Il s'était interrompu, attendant sous doute que son interlocuteur s'insurge.

— Oui, Finlay, vous êtes suspect ! J'entends ce que l'on dit à la Chambre. Certains lisent vos chroniques et m'assurent que si vous étiez français, on vous aurait déjà flanqué douze balles dans la peau, comme à Juliette Dumas que vous connaissiez, m'a-t-on dit. On me répète : « Finlay, il faut s'en méfier, il est américain, mais c'est l'ami d'espions et il fréquente les bolcheviks. » Voulez-vous que je vous donne ma source ? Flécheux ! Vous connaissez le rôle de cet homme qui fricote avec Poincaré et Clemenceau : c'est vous dire son habileté...

Nouveau silence du député-maire.

— Donc, discrétion, Finlay ! Prudence ! avait repris Jules Farlat au bout de quelques secondes. On s'est déjà étonné – on me l'a fait savoir – que j'intervienne en faveur de Léon Dumas et que je lui trouve une place à l'hôpital de Périgueux. Mais j'étais couvert : c'était Mme Clarisse qui m'avait demandé de l'accueillir, vous l'aviez vue. Cette mère maquerelle n'aurait rien fait sans demander conseil à Maurice Flécheux, c'est le protecteur du Rendez-Vous, nul ne l'ignore, et il rend tant de services... Bref, je ne regrette pas ce que j'ai fait pour Dumas. Et c'est un héros : Légion d'honneur, Croix de guerre avec palmes... Quand il est arrivé à Périgueux, il agonisait avec, m'ont dit les médecins, un trou dans la poitrine par où on aurait pu faire passer une grosse branche, vous vous rendez compte ! Et il est debout ! C'est un paysan du Causse, plus résistant que la pierre. Là-bas, on ne pousse, on ne survit que si on a des racines qui vont chercher l'eau très profond. C'est un homme extraordinaire. Il veut vous rencontrer. Il dit que vous lui avez sauvé la vie par deux fois, mais, surtout…

Il chuchote :

— Il veut parler avec la domestique de Juliette Dumas… Jeanne, je crois. Je ne sais comment il a appris qu'elle est à votre service. Ce qui m'inquiète, chez lui, c'est qu'il remue l'affaire Juliette Dumas. Les autres vont lui tomber dessus, et j'imagine ce qu'ils diront de vous et de moi… Alors, discrétion, Finlay, discrétion, je vous en supplie !

Finlay avait cependant décidé de ne pas les recevoir chez lui. Jeanne était encore trop fragile, pleurant presque chaque jour, passant, comme égarée, d'une pièce à l'autre, balayant ou époussetant machinalement, regardant droit devant elle, les yeux emplis de larmes, marmonnant les prénoms de ses trois frères, puis répétant : « Ils sont morts, maintenant. »

Elle s'immobilisait, dodelinait de la tête. Elle murmurait : « Mes parents se sont jetés dans le puits… ma mère et mon père », et, après quelques minutes durant lesquelles ses lèvres tremblaient – mais peut-être priait-elle ? –, elle ajoutait : « Mlle Juliette aussi, ils l'ont tuée. Tous morts, et moi je suis vivante, à quoi ça sert ? »

Dans ces moments-là, Finlay s'approchait d'elle, la forçait à s'asseoir, ou bien au contraire – il avait découvert que c'était plus efficace – la houspillait, exigeait qu'elle lui préparât du café. Elle semblait alors s'extirper de son marécage. Elle répétait : « Du café, du café ? Mais il n'y a plus de café ! Je n'en trouve plus ! »

Elle s'emportait contre les restrictions, le pain qui manquait parfois, les boucheries qui fermaient l'après-midi : « Monsieur Finlay, vous ne vous rendez pas compte, mais moi, je les vois, les pauvres femmes qui ont des gosses et pas le sou ! »

Pour quelques heures, elle oublierait.

Mais il avait craint que la présence et les questions de Léon Dumas ne la fassent basculer pour longtemps dans cet égarement désespéré. Alors il avait fixé rendez-vous à Jules Farlat à la brasserie du Dôme, dans la salle du fond.

Il était arrivé le premier, quelques minutes avant midi, les vêtements trempés par l'une de ces courtes averses du début de mars. Il avait une demi-heure d'avance et avait étalé les quotidiens sur la table.

Les titres étaient tous consacrés à l'affaire Caillaux, emprisonné dans le quartier de haute surveillance de la Santé. On racontait que Clemenceau avait lancé à la cantonade dans les couloirs de l'Assemblée :

— Caillaux est à la Santé en parfaite santé !

Les députés qui l'entouraient s'étaient esclaffés.

« Pas de pitié pour les traîtres ! martelait Barruel dans *Le Petit Parisien*. Il faut un châtiment exemplaire pour un ancien président du Conseil qui, après avoir armé le bras de sa femme pour assassiner le journaliste Calmette, a armé le bras des Boches pour qu'ils tuent nos poilus en leur tirant dans le dos ! »

Finlay avait eu envie de froisser ces journaux. Car les articles de Duchesnes ou d'Albert de Varin dans *Le Figaro* ou *L'Écho de Paris*, de Marquis dans *Le Temps*, étaient tout aussi virulents.

Ils évoquaient la découverte d'un coffre loué par Caillaux dans une banque de Florence. On y aurait découvert deux millions de francs et des joyaux pour une valeur de cinq cent mille francs. C'était le « prix de la trahison », mais, en tournant les pages, Finlay avait découvert quelques lignes qui démentaient ces rumeurs, assurant qu'il ne s'agissait que de quelques vieux bijoux de famille.

Un autre entrefilet intitulé « Calme sur tout le front » indiquait que de la mer du Nord et des Flandres aux Vosges on n'avait noté, selon les communiqués du quartier général, que des échanges d'artillerie. Des patrouilles allemandes avaient certes tenté de s'infiltrer dans les lignes, mais elles avaient été repoussées avec de lourdes pertes.

Combien de morts dans l'un et l'autre camp ?

Finlay avait pensé à ces *doughboys* des premiers régiments américains qui avaient pris position dans le saillant de Saint-Mihiel et en Argonne. Combien étaient tombés déjà ?

Mais qui recherchait la vérité ?

Peut-être ces patrouilles allemandes, ces tirs d'artillerie annonçaient-ils une offensive prochaine, puisque, murmurait-on avec inquiétude, les divisions allemandes venues de Russie étaient arrivées sur le front français. Mais la censure dissimulait ces risques, tout comme le nombre des morts, le vide du dossier d'accusation contre Caillaux, les grèves qui éclataient ici et là dans les usines d'armement, les protestations contre la levée d'hommes de plus en plus jeunes – classe 19 déjà, classe 20 bientôt, parce qu'il fallait colmater les pertes avec des corps et du sang nouveaux.

Finlay avait replié les journaux, levé la tête. Jules Farlat et Léon Dumas approchaient, guidés par l'un des garçons du Dôme.

Farlat était un homme maigre, de taille moyenne, à la barbe grisonnante et au teint presque bistre. Ses cheveux rejetés en arrière dégageaient un front étroit.

Il avait secoué la main du journaliste.

— Je ne vous ai pas dit, au, téléphone, toute l'estime que j'ai pour vous.

Il n'avait pas lâché la main de Finlay.

— Vous êtes courageux !

Il avait montré de l'index gauche la boutonnière de John Christopher.

— Flécheux ne dit pas que du mal de vous – il rit –, il vous présente aussi comme l'un des rares écrivains courageux qu'il connaisse. Il cite aussi Barbusse, et ce pauvre Henri Mourier. C'était un ami. Nous nous sommes souvent rencontrés chez lui, à Ponthierry, avec Jaurès. Mais moi, je suis radical : ni socialiste, ni bolchevik.

Il s'était tourné vers Léon Dumas.

— Comment trouvez-vous notre héros ? avait-il demandé.

Finlay avait été frappé par le contraste entre le regard intense et vif de Léon Dumas, dont les yeux profondément enfoncés étaient soulignés par des cernes presque noirs, et son attitude : il paraissait épuisé et était si voûté qu'on avait l'impression que sa tête lui pesait, qu'il n'avait pas assez d'énergie pour la redresser. Peut-être cette posture était-elle due à sa blessure à la poitrine ?

Il avait paru avoir de la peine à s'asseoir, veillant – avait-il semblé à Finlay – à ne pas se plier, puis se penchant en avant jusqu'à rencontrer le rebord de la table, et soupirant alors comme si le fait d'y prendre appui le soulageait.

— C'est la colonne vertébrale, avait dit Farlat. Il devrait être paralysé mais – il avait tapé du poing sur la table – il est dur comme un arbre centenaire. Et il vivra longtemps : il ne peut plus rien lui arriver !

Dumas avait posé ses avant-bras et ses coudes sur la table, restant immobile lorsque le garçon avait mis la carte sur son assiette, mais il l'avait parcourue, commandant un cassoulet, puis paraissant se désintéresser des propos de Farlat qui s'indignait de la manière dont on traitait Caillaux, un ancien président du Conseil ! On l'avait arrêté dans sa salle de bains alors que Mme Caillaux était nue dans la baignoire.

— C'est Poincaré qui se venge ; il se sert de Clemenceau pour atteindre l'homme qu'il craint le plus, parce qu'il lui est cent fois supérieur, avait-il ajouté.

Farlat avait regardé autour de lui comme s'il avait craint qu'on l'écoutât.

— Poincaré a peur, croyez-moi. Caillaux, Jaurès défendaient une autre politique : la négociation avec l'Allemagne plutôt que l'alliance avec le tsar. Mais Poincaré et sa petite bande d'aigrefins, qui spéculaient sur les emprunts russes, qu'Isvolsky payait, ont choisi la Russie, et, dès lors, la guerre était inévitable. Mais ils ont peur qu'un jour quelqu'un vienne les accuser : vous avez fait la guerre, et pourquoi ? Est-ce que ça valait un million, deux millions de vies ? Est-ce qu'on ne pouvait pas arriver par la discussion à un accord sur l'Alsace-Lorraine ? Voilà l'accusation qu'ils redoutent. Et le procureur, ce devrait être Caillaux. Sans compter qu'il est partisan de l'impôt sur le revenu ! Il faut donc le calomnier, l'emprisonner, le fusiller !

Farlat avait mangé rapidement tout en parlant, écartant le sommelier, remplissant lui-même son verre, s'interrompant dès qu'un garçon s'approchait.

— Ce sont les choses qu'on ne peut dire qu'à quelqu'un comme vous, avait-il repris. Poincaré est un hypocrite, mesquin et rancunier. Clemenceau, c'est différent. Il a toujours cru la guerre inéluctable, pas par affairisme ni pour conforter son pouvoir politique, mais par conviction. Lui est sincère, prêt à se faire tuer. Mais il sera le dindon de la farce. On l'utilise, et dès que ce sera fini, on le jettera ! Il ira rejoindre les invalides, les mutilés. Et Poincaré sera toujours là.

— Je veux parler à Jeanne, lâche tout à coup Léon Dumas.

Son assiette est vide, blanche, sans plus aucune trace de sauce.

— Jeanne..., commence Finlay.

— Je me suis souvenu de vous, l'interrompt Léon Dumas. On allait me fusiller. C'était du côté de Vitry-le-François. Vous m'avez fait conduire au quartier général. Vous m'avez sauvé.

Il pose sa fourchette sur le côté de l'assiette.

— Quand on s'est rencontrés chez la marquise, à la Noël 1915, je ne vous ai pas reconnu. Je me suis dit : cette tête, je l'ai déjà vue, et puis rien. C'est quand vous êtes venu me voir au Val-de-Grâce, en juin de l'année dernière, peut-être parce que j'ai alors cru que j'allais mourir, je revoyais tout, surtout ce moment-là, dans la forêt, quand le peloton était aligné en face de moi, oui, c'est à ce moment-là que je vous ai reconnu.

Il avance sa main vers Finlay.

— Vous m'avez sauvé deux fois : je l'ai dit à M. Farlat. Mais si je ne fais rien pour la mémoire de Juliette, alors je vais mourir vraiment. L'injustice qu'on lui a faite me ronge. C'était pas une espionne, je le sais. Vous aussi, monsieur. Une pauvre fille, une brave fille. Nous, on se fait tuer, mais on a des fusils, on se défend ; les Boches nous tirent dessus, on leur tire dessus. On sait que si on exécute les ordres, ça va, on nous donne même des médailles ; si on se révolte, ce sera le *falot*, le peloton. Normal, c'est les règles. Il faut peut-être en changer, mais on les connaît. Elle, elle ne savait rien. On l'a trompée, on l'a assassinée, même si j'ai lu ça – quelque part – ç'a été fait avec une fanfare. Il faut que je rencontre Jeanne. Elle doit savoir des choses. On pourrait réviser le procès, non ?

Il s'est redressé, fixe Finlay.

— J'ai eu le temps, j'ai lu les articles, je sais comment on l'a jugée, comment elle est morte. Et je sais aussi ce qu'on a écrit sur elle. Je connais les noms de tous ceux qui ont réclamé sa mort, de ceux qui l'ont insultée, et je suis sûr qu'ils avaient profité d'elle quand elle était là-bas, dans cette maison, le Rendez-Vous...

Il saisit la main de Finlay.

— C'est là-bas que vous l'avez connue, vous aussi ?

John Christopher se tait, retire sa main

— Ou c'est la justice avec les juges, ou je me fais justice et je les tue ! marmonne Léon Dumas.

5

CHRONIQUES DE L'EUROPE EN GUERRE

par

John Christopher Finlay

correspondant permanent en Europe du *Washington Times*

Paris, mars 1918

Paris, depuis le 23 mars 1918, vit sous le tir de l'artillerie allemande. Le premier obus a explosé ce matin-là à sept heures quinze.

J'ai été réveillé en sursaut par la violence et la durée dela déflagration. Les vitres, les murs, le plancher de l'appartement vibraient. J'ai cru qu'il s'agissait d'une nouvelle attaque des escadrilles de Gotha – ces triplans aux longues ailes étroites – qui toute la nuit avaient bombardé la capitale.

J'avais suivi depuis mon balcon les combats aériens que se livraient à basse altitude les avions à croix noire et la chasse française. C'était un spectacle tragique et fascinant. Le ciel était éclairé par les lueurs des incendies, percé par les balles traçantes, crevé par les faisceaux des projecteurs qui tentaient de saisir l'un des bombardiers, de l'emprisonner dans ce cône blanc et de le livrer ainsi aux canonniers et aux mitrailleurs de la défense aérienne.

À l'aube, les combats avaient cessé et le silence avait assoupi Paris.

Puis cette explosion – énorme !

J'ai pensé que les Gotha avaient touché un dépôt de munitions. Quelques jours auparavant, le 15 mars, l'un d'eux avait explosé dans la banlieue de Paris, à La Courneuve, faisant près de huit cents victimes.

J'ai été sur le balcon et j'ai aperçu, au nord de Paris, les volutes sombres et rouges de la fumée d'un incendie. J'ai décidé de me rendre sur les lieux. Mais, tout à coup, j'ai été bousculé par le souffle d'une nouvelle explosion plus proche, plus forte. Il était sept heures trente. Et de quart d'heure en quart d'heure, jusqu'à deux heures de l'après-midi, les obus se sont succédé, tombant selon une trajectoire nord-sud.

Il en a été de même les jours suivants.

J'ai parcouru Paris.

Certaines rues sont encombrées de gravats. Les morts sont allongés sur la chaussée. Les enfants de l'école de la rue des Gravilliers, dans le centre de la capitale, ont été décimés. Leurs parents hurlent en cherchant les corps de leurs petits.

Je marche sur quelques centaines de mètres, tourne à un coin de rue. C'est une atmosphère printanière. Des camelots font danser deux petits pantins de chiffon, « Nénette et Rintintin », deux fétiches dont ils prétendent qu'ils écartent les bombes des Gotha. Les badauds s'agglutinent autour d'eux.

Les femmes ont des jupes qui n'ont jamais été aussi courtes. On s'installe aux terrasses des cafés. On bavarde. D'où viennent ces obus ? L'un dit : c'est un « avion fantôme », invisible. Un autre assure que les obus sont suspendus à des parachutes. Quelqu'un prétend même que des espions et des traîtres ont permis aux Allemands d'installer leurs canons dans la banlieue de Paris.

Je m'éloigne. Je croise des colonnes de réfugiés. Les gares sont pleines d'habitants de la région d'Arras qui fuient l'attaque allemande. Car en même temps que les obus, le 21 mars, les Allemands ont lancé une puissante offensive qui a bousculé les troupes françaises et anglaises à leur jointure. L'avance allemande est de plusieurs dizaines de kilomètres, le front est rompu.

Après un peu moins de quatre ans de guerre, voici que le cauchemar des mois d'août et septembre 1914 recommence.

Le communiqué allemand tel qu'il est rapporté par *Le Journal de Genève* annonce la capture de vingt-cinq mille prisonniers anglais, la prise de deux cent cinquante canons, la conquête ou la reconquête de nombreux villages. C'est de nouveau « *Nach Paris !* » que clament les Allemands en marche.

Clemenceau, dans les couloirs de la Chambre des députés, a commenté lui-même le communiqué allemand :

— J'ai voulu vous mettre au courant de la gravité de la situation, a-t-il dit. Je pars aussitôt pour Compiègne afin de m'entendre avec nos généraux sur ce qu'il faudra faire.

De son côté, le président de la République, Poincaré, a gagné Doullens où siège le commandement allié. Clemenceau devrait l'y rejoindre, et la nomination du général Foch comme coordonnateur de toutes les armées alliées est certaine.

Malgré les nouvelles, je ne constate aucune panique dans Paris. Certes, les plus riches habitants, beaucoup d'enfants – près d'un million de personnes en tout, dit-on – ont quitté la capitale. De nombreuses boutiques ont baissé leurs rideaux. Des passants ont écrit sur les devantures, à la craie ou en grandes lettres noires : « Fermé pour cause de frousse », ou bien : « Fermé pour cause de Bertha. »

« Bertha » : c'est le nom qu'après quelques jours de bombardement les Parisiens ont donné au canon allemand.

Il s'agirait d'une pièce gigantesque enterrée sous une dalle de béton dans la forêt de Saint-Gobain, à près de cent vingt kilomètres de Paris. Elle lance sur Paris ces obus d'un calibre énorme, capables de pulvériser en une seule frappe un immeuble.

Bertha n'effraie cependant pas les Parisiens. On se moque de cette « grosse Teutonne » qui porte le nom de Bertha Krupp, la fille des marchands de canon d'Essen.

On la caricature. On l'insulte. On la défie :

— Si elle croit qu'elle va faire céder Paris, elle se fourre le doigt là où on pense ! Et on l'y aidera !

On applaudit Clemenceau. On sait qu'il ne cédera pas.

— Que les froussards et les richards abandonnent Paris ! Le Tigre y restera, et nous avec lui !

Voilà ce qu'on pense malgré les privations et les morts.

Je les ai vus, ces corps écrasés par les pierres, les colonnes et les arcs brisés, toute cette voûte de la nef de l'église Saint-Gervais effondrée après avoir été frappée de plein fouet par un obus.

C'était durant l'office, en ce Vendredi saint 29 mars. La nef était remplie d'une foule de fidèles rassemblés pour prier et communier au cours de cette messe chantée. Les voix du chœur de Saint-Gervais avaient commencé de s'élever. L'explosion, l'effondrement de la voûte, les cris des blessés, les hurlements des survivants les ont recouvertes.

L'église Saint-Gervais-Saint-Protais est proche de l'Hôtel de Ville. J'y arrive alors que les secours s'affairent à dégager les blessés cependant que des pierres continuent à tomber, se détachant des lèvres de la plaie béante ouverte sur le ciel.

J'entends l'archevêque de Paris, monseigneur Amette, s'écrier devant la foule dont une partie s'est agenouillée :

— Les misérables ! Ils ont choisi le jour anniversaire de la mort du Christ pour commettre ce crime !

Peu après parviennent sur les lieux Clemenceau et Poincaré. Ils pénètrent dans l'église et y demeurent longuement, malgré les objurgations de leur entourage qu'on devine inquiet.

Lorsqu'ils sortent de la nef, ils sont couverts de poussière.

Ils passent devant les corps des victimes déposés à même la chaussée.

Cela fait une longue traînée sombre : une centaine de morts couchés côte à côte !

Ce matin, *L'Écho de Paris* cite des articles de la presse berlinoise.

Le *Deutsche Tageszeitung* écrit : « Dès sept heures du matin, des obus tombent sur tous les quartiers de la capitale. La plupart des habitants se sont enfuis. Les rares habitants qui n'ont pu trouver place dans les trains sont en proie à la panique et ils attendent en tremblant l'arrivée des conquérants allemands. »

Quant au *Berliner Tageblatt*, il affirme : « Les Parisiens vivent comme des troglodytes et osent à peine se montrer en plein jour… Les déserteurs, pour la plupart des gens de sac et de corde, par dizaines de milliers vagabondent dans Paris. »

La censure a laissé reproduire ces textes ridicules. Or je n'ai rien constaté dans la capitale qui ressemble à ce qu'ils décrivent.

Non, je n'ai rien constaté de pareil.

Je me suis rendu au Théâtre-Français et j'ai applaudi Mlle Isabelle Saynac qui tient le rôle principal dans *Les Noces corinthiennes*.

La représentation a été un instant interrompue quand le doyen de la troupe a annoncé une alerte.

Une infime partie des spectateurs a quitté la salle.

Mlle Saynac et les autres acteurs ont continué de jouer et ont été acclamés.

Après le spectacle, alors que l'alerte continuait, personne n'a voulu se mettre à l'abri dans les caves du théâtre ou les couloirs du métro. On est allé dîner. Des chanteurs des rues clamaient à tue-tête :

Encore un'maison d'brûlée
V'là l'Gotha qui passe
Encore un'maison d'brûlée
V'là l'Gotha passé.

Paris souffre mais chante. Paris ne capitulera pas. Clemenceau combattra « jusqu'au bout, jusqu'au dernier quart d'heure ! ».

Et les Français seront à ses côtés.

Mais le sort de la guerre se joue d'abord sur le front, dans le secteur qui va du nord d'Arras au sud de l'Oise.

Trois armées allemandes, après cinq heures d'un bombardement d'obus toxiques, ont percé les lignes en direction d'Amiens. Les villes de Saint-Quentin et Noyon sont tombées.

Une brèche est ouverte. Paris est menacé.

Mais celui qui a vu comme moi la capitale française, sous les bombes, se recueillir devant les centaines de victimes, et pourtant se moquer des Gotha et de la Grosse Bertha, continuer de chanter, d'aimer, de se distraire et de vivre, sait qu'elle résistera.

Tout dépend des soldats, des poilus et de leurs alliés, parmi lesquels nos *Sammies*.

Mais puisque l'arrière tient, ils tiendront !

6

Finlay replie lentement son bras droit en écartant le coude de sa poitrine.

Il ne veut pas tourner la tête, inviter d'un regard Lucie Mourier, qui monte près de lui les escaliers de la station de métro, à passer son bras sous le sien, comme son geste l'y invite, à poser sa main sur son poignet et à y prendre appui, épaule contre épaule, pour résister à cette cohue qui se précipite, descendant en courant alors que les sirènes continuent de hurler et qu'on entend déjà le bruit lointain de plusieurs explosions.

Cependant, la plupart des visages que Finlay voit s'avancer vers lui expriment surtout une impatience étonnée et presque joyeuse.

Certains lui lancent :

— T'entends pas ? C'est les Gotha ! Mettez votre casque, si vous voulez admirer le spectacle !

Le ton est gouailleur, mais, dans le même temps, on les bouscule, on les écarte, on crie :

— Mais qu'est-ce qu'ils foutent, ceux-là ? Laissez passer, nom de Dieu !

Pour autant, Lucie Mourier ne s'accroche pas à Finlay. On dirait même qu'elle s'est éloignée, comme si elle craignait de céder, malgré elle, à la tentation d'accepter l'offre qu'il lui fait.

Alors, ému, il aurait serré sa main, son bras contre lui, et peut-être, au haut des marches, sur ces boulevards déserts abandonnés par la foule, dans la dense nuit percée seulement par les brefs éclats de quelques lampes de poche, tandis que le bombardement continuerait, l'aurait-il enlacée, embrassée.

C'était ce qu'il avait désiré quand elle avait téléphoné en début de soirée.

Il était en train de relire sa chronique, hésitant encore à la modifier.

Il avait recueilli dans l'après-midi les confidences du capitaine Lucien Lévy. Celui-ci l'avait reçu, comme il faisait régulièrement depuis qu'il avait été affecté au cabinet de Georges Clemenceau. Il occupait au ministère de la Guerre, rue Saint-Dominique, un bureau dont les murs étaient couverts de cartes du front et d'une tapisserie représentant les armées de Louis XIV franchissant le Rhin.

Une porte, située au fond de la pièce, donnait dans l'antichambre du bureau qu'occupait Georges Clemenceau.

À une ou deux reprises, déjà, au cours des mois précédents, le président du Conseil était entré dans le bureau de Lévy, paraissant ne pas même s'apercevoir de la présence de John Christopher, jetant sur le bureau un journal, un dossier, puis faisant quelques pas, mains derrière le dos, le buste penché en avant, tout le corps donnant une impression d'énergie, de violence même, comme celle qui peut émaner d'un arbre centenaire – « Voire millénaire, avait renchéri Lévy quand Finlay lui avait suggéré cette comparaison ; il en existe : des chênes, des oliviers… » – ou, bien sûr, d'un menhir – l'image avait déjà été utilisée par la presse –, d'un monolithe si profondément enfoncé dans la terre que rien ne peut le renverser.

Clemenceau parlait comme s'il lui avait fallu la présence d'un témoin, auquel il ne demandait qu'attention et silence, pour réfléchir, conforter ses décisions, rejeter les doutes, les contradictions, réduire autant qu'il le pouvait, par ce monologue, les tensions auxquelles il était soumis.

Mais peut-être ne s'agissait-il là que d'une mise en scène, montée avec la complicité du capitaine Lucien Lévy, pour livrer sans en avoir l'air une information, comme une confidence, en sorte que Finlay la fît parvenir telle quelle à Washington.

Dans les heures qui avaient suivi l'offensive allemande du 21 mars, Clemenceau avait ainsi raconté, en ne s'adressant apparemment qu'à Lévy, que, lors de la conférence des généraux, à Doullens, il s'était trouvé en présence de deux hommes, Pétain et Foch, dont les avis divergeaient :

— L'un me disait que nous étions fichus, et l'autre, qui allait et venait comme un fou, voulait se battre. Je me suis dit : « Essayons Foch. Au moins nous mourrons le fusil à la main. » J'ai laissé cet homme sensé, plein de raison, qu'était Pétain. J'ai adopté ce fou qu'était Foch.

Clemenceau avait ajouté, en se tournant vers Finlay qu'il regardait pour la première fois :

— Ce fou va nous tirer de là, j'en suis sûr, puisqu'il le faut !

Mais, cet après-midi-là, Clemenceau n'avait pas poussé la porte du bureau du capitaine Lévy, et celui-ci avait dit, en accueillant Finlay et en lui tenant longuement la main, mais presque par inattention, comme si, préoccupé, il avait oublié de la retirer :

— Nous résistons, les Allemands s'épuisent, mais ce sont des survivants qui se battent. Nous avons déjà vécu cela, vous et moi…

Finlay avait eu un geste de dénégation.

— Mais si, si, vous avez vécu cela au Chemin des Dames. Mais c'est pire, Finlay : pensez que les Allemands ont déversé des milliers d'obus toxiques, un gaz qui ronge même le tissu des masques, les courroies… Effrayant, diabolique ! Nous les avons stoppés, mais après une bataille en retraite plus de dix jours, et Ludendorff a avancé d'au moins cinquante kilomètres. Cela ne s'était jamais vu depuis août 1914. Vous vous souvenez du plateau de Varreddes, des morts étendus ? Eh bien, il nous faut recommencer la bataille de la Marne, car la menace est aussi grande, plus peut-être… Les Boches sont à moins de quatre-vingts kilomètres de Paris, Finlay, et à soixante kilomètres d'Abbeville, c'est-à-dire de la mer. Et nous avons perdu des centaines de milliers d'hommes : deux cent mille pour les seuls Anglais. Foch a été admirable, un véritable accumulateur d'énergie. Vous avez lu ses ordres du jour ? « Tenir à tout prix. Durer sur place. Il n'y a plus un mètre du sol de France à perdre ! »

Lévy s'était rassis, prenant sa tête à deux mains.

— Près de quatre ans que nous nous battons, et Paris va se retrouver à nouveau dans la zone des armées. Paris est sous le feu de nos ennemis pour la première fois !

Il était resté longuement silencieux, les yeux mi-clos.

— Je vous ai aperçu, avait-il dit, devant l'église Saint-Gervais. Je suis entré dans la nef avec Clemenceau et Poincaré. Nous avons tout fait pour empêcher les deux plus hauts responsables de l'État de se trouver en même temps en danger, car les pierres continuaient de tomber. Mais l'un était là, et l'autre voulait y être ! Et il fallait montrer que les chefs ne quitteraient pas la capitale. Ce que j'ai vu, Finlay, était horrible. Des gens décapités sur leurs chaises, des corps mutilés, déchiquetés. C'étaient presque tous des cadavres de femmes et de jeunes filles...

Il avait soupiré.

— Cette guerre, cette barbarie ! Je me souviens de mes étudiants... J'enseignais l'histoire du XIIe siècle. Je comptais parmi eux quelques Allemands. Nous avions le sentiment de faire partie d'une civilisation commune, celle qui avait couvert l'Europe d'abbayes cisterciennes, bâti les cathédrales, qui avait su pas à pas juguler les haines, et presque les guerres. Et puis, peu à peu, j'ai vu les monstres reparaître. Cela a commencé avec l'affaire Dreyfus, mais, en France, nous les avons refoulés. Et cependant, depuis quatre ans, cette folie, cette boucherie...

Lévy s'était levé, avait été jusqu'à la bibliothèque, en avait retiré un livre.

— Je n'aime pas le choix qu'a fait Romain Rolland, avait-il repris. S'installer en Suisse et se couper ainsi, lui, écrivain français, de son peuple, de ses souffrances, je ne l'admets pas. On ne peut pas être, comme il l'a écrit, *au-dessus de la mêlée*. Mais j'ai lu ce livre...

Il l'avait brandi devant Finlay.

— Publié en octobre 1915. Prémonitoire, si je pense que Romain Rolland n'avait pas vu ce que vous et moi avons vu : ces Sénégalais, souvenez-vous, au Chemin des Dames, gelés, hagards. Quand je le relis, je mesure ce que représente cette guerre pour notre civilisation : notre déclin, Finlay ! Écoutez...

Il était revenu s'asseoir derrière son bureau. Il avait fait glisser ses lunettes vers le bout de son nez et avait commencé à lire lentement, comme pour une dictée :

« Les trois plus grands peuples d'Occident, les gardiens de la civilisation s'acharnent à leur ruine et appellent à la rescousse les Cosaques et les Turcs, les Japonais, les Cinghalais, les Soudanais, les Sénégalais, les Marocains, les Égyptiens, les Sikhs et les Cipayes, les barbares du Pôle et ceux de l'Équateur, les âmes et les peaux de toute couleur. On dirait l'Empire romain au temps de la Tétrarchie, faisant appel pour s'entre-dévorer aux hordes de tout l'univers... »

Lévy s'était interrompu :

— Comment voulez-vous que l'historien que je suis conteste cela ? Mais Romain Rolland n'a pas compris que la civilisation occidentale est faite de nations. Et il n'est pas possible que l'une d'entre elles, la germanique, impose sa loi à toutes les autres. Il faut défendre sa nation, la liberté de chaque peuple, parce que la liberté des nations est précisément au cœur de notre civilisation. L'oppression est contraire aux principes de la civilisation occidentale, mais Romain Rolland peut à bon droit interroger les gouvernements de nos nations.

Lévy avait repris le livre, lu à nouveau :

« Notre civilisation est-elle donc si solide que vous ne craigniez pas d'ébranler ses piliers ? Est-ce que vous ne voyez pas que si une seule colonne est minée, tout s'écroule sur vous ? »

Il s'était levé, avait replacé le livre dans la bibliothèque, puis s'était avancé vers Finlay.

— Votre pays, avait-il ajouté, reprendra peut-être le flambeau. Savez-vous quel est le moment le plus émouvant que j'aie vécu, ces derniers jours ?

Il raconte que le 28 mars au matin, il a accompagné Clemenceau qui avait souhaité rencontrer le général Foch à son quartier général de Clermont. Les généraux Pétain et Fayolle étaient présents. La discussion avait duré jusqu'à seize heures trente, et Clemenceau avait approuvé Foch, décidé à résister entre Noyon et Amiens afin d'arrêter coûte que coûte les divisions allemandes.

— C'est un pari fou, Finlay ! Chaque mois, Ludendorff peut en faire revenir dix de Russie, depuis que les bolcheviks ont signé l'armistice à Brest-Litovsk. Nous étions tous à la fois résolus et accablés. Et votre général Pershing est arrivé à seize heures trente, dans les minutes qui ont suivi l'ordre de Clemenceau d'exécuter le plan de Foch. Pershing en a pris connaissance, puis, sur un ton solennel, en martelant chaque mot, il a déclaré : « Je viens pour vous dire que le peuple américain tiendrait à grand honneur que nos troupes soient engagées dans la présente bataille. Je vous le demande en mon nom et au sien. Il n'est pas en ce moment d'autre question que de combattre. Infanterie, artillerie, aviation, tout ce que nous avons est à vous. Disposez-en comme il vous plaira. D'autres forces viendront encore, aussi nombreuses qu'il sera nécessaire. Le peuple américain serait fier d'être engagé dans la plus grande et la plus belle bataille de l'Histoire ! »

Finlay avait pris quelques notes, puis avait demandé à Lévy s'il pouvait faire état de ses déclarations relatives à l'offensive allemande, à la situation militaire et l'offre de Pershing.

Lévy avait écarté les bras, murmuré que Finlay avait de nombreux contacts et qu'il pouvait par exemple avoir récolté les confidences d'officiers ou de diplomates américains proches de Pershing. Mais lui, Lévy, était tenu au secret et démentirait naturellement tous les propos qu'on pourrait lui prêter.

Rentré chez lui, Finlay avait relu sa chronique et hésité à la compléter, envisageant plutôt de rassembler dans la suivante tous les nouveaux éléments qu'il venait de recueillir. En outre, on saurait d'ici quelques jours si le plan Foch avait été un succès.

C'est alors que le téléphone avait sonné.

Voix de Lucie Mourier que Finlay avait reconnue d'emblée, qui avait envahi tout son corps, chassé toutes ses pensées.

Elle disait que le commissaire Oriani et le commandant Rebeirolles l'avaient convoquée et interrogée, cherchant une fois encore à établir des liens entre son frère, Henri Mourier, et Joseph Caillaux.

Ils l'avaient menacée, évoquant à nouveau les exécutions de Mata-Hari et de Juliette Dumas, puis celle de Luı´s Maurin de Montalban qui venait d'avoir lieu.

À les entendre, l'Espagnol s'était comporté comme un lâche face au peloton d'exécution, hurlant qu'il était prêt à livrer tous ses complices, criant : « Caillaux, je peux vous parler de Caillaux, je dirai tout ! » – et il aurait alors cité les noms de Malvy, de Mourier.

Il s'était débattu lorsqu'on l'avait attaché au poteau. Non seulement on avait dû lui bander les yeux, avait dit Oriani, mais il avait fallu le bâillonner. « Il hurlait comme un cochon ! » Et le commissaire avait répété : « Il a plusieurs fois nommé votre frère, mademoiselle ; qu'est-ce que vous en pensez ? Vous savez sûrement des choses… »

La voix de Lucie Mourier s'était éteinte et Finlay avait prononcé pour la première fois son prénom, à tel point ému qu'il tremblait lorsqu'il avait compris qu'elle pleurait. Il avait essayé de la rassurer, mais elle avait sangloté, disant qu'elle ne pouvait plus vivre ainsi, avec ces alertes, ces obus, ces morts dans les rues, ces réfugiés qu'elle avait vus.

— Je ne peux plus, je ne peux plus ! avait-elle répété.

— Je viens, Lucie, avait-il dit.

D'abord elle n'avait pas répondu, puis, peu à peu, elle s'était calmée, expliquant qu'elle devait sortir, qu'elle serait dans le quartier de l'Opéra. Il lui avait fixé rendez-vous dans la station de métro, devant le guichet.

— Dans deux heures, avait-il répété.

Elle était là, sans chapeau, mais sa tenue était recherchée. Elle portait une robe courte, des bottines à talons hauts, un manteau gris, ouvert, laissant voir son corsage.

Il avait eu envie de la prendre aussitôt par le bras, mais, au moment où il s'avançait, il y avait eu le vrombissement des sirènes, des hommes qui criaient en riant : « V'là les Gotha, mesdames ! »

— Ne restons pas là, avait dit Finlay. Sortons !

Il n'avait pas supporté l'idée de se trouver mêlé dans ce métro à cette foule. Il avait pensé aux soldats ensevelis. Il avait répété : « Sortons ! », et avait commencé à se diriger vers l'escalier.

Seuls, tout à coup, sur les boulevards.

Quelques points lumineux, fugitifs. Des silhouettes qui disparaissent sous les porches, s'enfoncent dans les entrées du métro. Et puis ces explosions, ces bruits de moteur, cette pluie de tracts qui volettent dans l'obscurité. Il attrape l'un d'eux. Des phrases en lettres capitales :

« NOUS REVIENDRONS ! PARISIENS, NOUS TRANSFORMERONS VOTRE VILLE EN UN AMAS DE CENDRES ! NOS TROUPES SONT À DEUX JOURS DE MARCHE DE PARIS. VOUS ÊTES DÉJÀ SOUS LE FEU DE NOS CANONS. LA PAIX IMMÉDIATE EST VOTRE SEULE CHANCE DE SURVIE ! »

Il froisse le papier. Il aperçoit des cantonniers qui s'emploient à rassembler les feuilles, à en faire des tas ; sans doute les brûleront-ils, une fois l'alerte finie.

Le silence, tout à coup.

John Christopher se tourne vers Lucie Mourier.

Il la regarde, plie son bras droit, le soulève un peu.

Il devine qu'elle hésite.

— Je vous emmène, dit-il.

Elle glisse son bras sous le sien.

7

À chaque explosion, Finlay rentre la tête dans les épaules.

Il a l'impression qu'on l'oblige à se tasser, qu'il sera bientôt écrasé, le visage dans la boue de la tranchée.

Il porte la main à sa bouche. Il n'a plus de visage, mais un groin fait de tissu, de cuir et de verre.

Il regarde autour de lui. Les hommes sont recroquevillés, leur masque à gaz dissimulant leurs traits.

Il cherche à reconnaître Matthews avec qui il est arrivé, cette nuit, dans le secteur des Flandres, là où l'armée anglaise se fait hacher par les obus à croix jaune que les Allemands tirent par milliers et qui explosent, répandant ce nouveau gaz, l'ypérite, qui ronge, dévore les yeux, les chairs, les sangles, le cuir des chaussures, le tissu du masque.

Les filtres ne le retiennent pas. Il s'insinue. Il corrompt. On se croit protégé, mais, tout à coup, les yeux brûlent, le regard se brouille. On pleure. On suffoque. On s'arrache le masque. On redevient un visage humain, mais il suffit de quelques minutes pour que les traits gonflent comme s'ils allaient éclater et que la peau se couvre de plaques purulentes.

Voilà ce que leur a dit Rouvière qui commande un bataillon de la vingt-huitième division de chasseurs, presque tous de la région de Chambéry. Ils doivent tenir coûte que coûte le mont Kemmel qui se dresse au-dessus de la plaine de la Lys et qui commande la route de Dunkerque.

Finlay se tourne. Dans la pénombre de l'aube, à quelques pas, il devine la silhouette de Matthews. Il est adossé à la paroi, la tête tombant sur la poitrine, un groin en lieu et place de visage.

La guerre a fini par changer les hommes en bêtes.

Finlay se souvient de Will Matthews, l'un des premiers journalistes étrangers, qu'il avait rencontré à son arrivée à Paris en décembre 1912. C'était un homme plein de cette morgue mêlée d'indifférence qu'affichaient alors les Anglais. Il parlait peu, énonçait des sentences caustiques. Il dominait le petit groupe des correspondants de presse européens que la guerre allait disperser.

Karl Ziegler, gueule cassée, se trouvait peut-être aux côtés du général Ludendorff, dont il était le conseiller diplomatique, et donc en face, de l'autre côté de la Lys, regardant dans ses jumelles les obus à croix jaunes exploser dans les tranchées anglaises et françaises, ainsi que sur les pentes de ce mont Kemmel où résistaient encore les chasseurs de Rouvière. Riccardo Capponi n'était plus qu'un nationaliste italien exalté, porte-parole de Mussolini. Paul Adler, réfugié en Suisse pour ne pas participer à la boucherie, avait été condamné à mort à Vienne. Anton Gratchev avait dû regagner Petrograd, participer à la révolution et retrouver là-bas Rosa di Bellagio. À moins que les bolcheviks ne l'eussent abattu, le jugeant par trop indépendant ? Peut-être était-ce même Rosa di Bellagio qui l'avait dénoncé, indiquant qu'à Paris Gratchev avait été proche d'Isvolsky, l'ambassadeur du tsar ?

La guerre avait dévoyé ou mutilé chacune de ces vies-là.

Finlay se rapproche de Matthews, lui touche l'épaule. L'Anglais lève un peu la tête.

Derrière les lunettes du masque, John Christopher ne réussit pas à discerner ses yeux. Mais il imagine le regard désespéré de Matthews qui l'a frappé quand ils se sont retrouvés à la gare du Nord, sur les quais encombrés de soldats.

Ce n'était plus la cohue désordonnée qu'il avait connue plusieurs fois au cours de ses voyages précédents. Il avait aperçu partout les uniformes noirs des gendarmes de la prévôté militaire. On n'entendait pas d'éclats de voix, mais le raclement des godillots sur le ciment. La lumière, sous les verrières, était grise, comme les regards.

L'ordre désormais régnait. Les permissionnaires ne côtoyaient pas les « bleus » d'à peine dix-neuf ans qui partaient vers le front des Flandres pour tenter d'enrayer la deuxième offensive allemande. Les gendarmes les canalisaient, tenaient à l'écart les poilus des vieilles classes, permissionnaires qui arrivaient du front ou qui y retournaient. Ils obligeaient ceux qui savaient à se taire, à cacher leur dos voûté, leur corps las, leur capote sale, leur casque cabossé, leur épuisement. Et, dans leurs yeux, parfois, la révolte.

— On ne veut pas que les jeunes conscrits, qui n'ont jamais tiré un seul coup de fusil, sachent ce qui les attend, avait indiqué Matthews en s'asseyant en face de Finlay dans le compartiment du wagon réservé. Mais tout le monde connaît maintenant ce qu'est la guerre : un massacre, une boucherie. L'armée anglaise n'existe plus, Finlay. Broyée! Les Français tiennent parce qu'il y a Clemenceau, que c'est leur pays qui est occupé, leur capitale qui est menacée. Et puis – il avait eu un mouvement des épaules pour montrer les quais de la gare – il y a les gendarmes, les conseils de guerre. On a beaucoup fusillé, l'année dernière. Est-ce que cela suffira? Quand vous recevez durant des heures des milliers d'obus, que vous êtes aveuglé, défiguré, brûlé, les poumons pleins de ce gaz que Rouvière – il vous en parlera – appelle le « gaz moutarde », une sorte de nuage jaune, visqueux, est-ce que vous pouvez vous battre encore? On se laisse tuer sur place. Ou bien on se rend...

Il avait parlé plus bas :

— À chaque attaque, on compte des milliers de prisonniers. Mais tout le monde est à bout. Les Allemands en ont marre, comme nous. Leurs *Stosstruppen*, leurs troupes d'assaut, marchent encore, parce qu'elles sont persuadées que, cette fois-ci, l'Allemagne va l'emporter, réussir ce qui a été manqué en août 1914. Mais elles n'en peuvent plus. Seulement, elles ont réussi à percer : une avancée extraordinaire, cinquante kilomètres, davantage peut-être! Pourtant j'ai le sentiment qu'elles vont tout à coup s'effondrer, comme un coureur qui a tout donné et qui meurt sur la ligne d'arrivée, presque vainqueur mais finalement vaincu.

Il avait fermé les yeux.

— Je suis au bout du rouleau, Finlay, avait-il gémi.

Rouvière les avait accueillis dans son poste de commandement. Il était amaigri, aux aguets, la voix tendue, le masque à gaz pendant sur sa poitrine.

— Ce gaz, ypérite ou moutarde, comme vous voulez, avait-il dit, empoisonne tout, contamine même la terre. Ne la touchez pas, sinon elle vous rongera. Vous aurez des cloques, des plaies, des œdèmes. Pour la neutraliser, on doit verser de la chaux dans les tranchées et les entonnoirs d'obus afin que nos hommes puissent s'y protéger et résister.

Il avait eu un rictus.

— J'en ai vu, les premiers jours, qui se dressaient tout à coup en hurlant, en arrachant leurs vêtements, et les mitrailleuses les faisaient taire en les cisaillant en deux.

Il s'était tourné vers Finlay.

— Vous expliquerez tout ça au général Pershing afin qu'il sache ce qui attend ses hommes. Mais les généraux ne viennent pas respirer le gaz moutarde. Et ils nous envoient ça...

Il avait montré les jeunes recrues qui avançaient lentement, se glissant avec des yeux effarés dans les tranchées.

— Ils ne vont pas survivre longtemps, pas même un quart d'heure, avait repris Rouvière. Vous savez, le « dernier quart d'heure » dont parle notre Tigre, il va être rudement long pour nos hommes...

Il avait tendu à Matthews et à Finlay leurs masques à gaz.

— Nous mettons même des masques aux chevaux, avait-il ajouté. Et vous êtes plus précieux que des animaux, non ?

Tout à coup, il avait eu un geste inattendu, prenant Finlay par les épaules et disant d'une voix sourde :

— Je suis heureux que vous soyez venu avec Matthews, Finlay. Rien ne vous y obligeait. Il n'y a pas d'Américains, ici. Mais c'est ici et maintenant que la guerre se joue, que le sort de la France se décide.

Il l'avait serré contre lui.

— Merci, Finlay. Vous savez ce qu'écrit Pascal ? À peu près ceci : « Je ne crois qu'aux témoins qui se font égorger. » Vous êtes un vrai témoin, Finlay. Que Dieu vous protège !

Finlay prie.

Il suffoque. Les explosions le secouent. Le sol tremble. Il cherche à prendre appui sur la paroi de la tranchée, derrière lui, mais quand il effleure la terre du bout des doigts, il s'en écarte d'un mouvement si brusque qu'il craint de basculer en avant, et, pour rester en équilibre, il s'accroupit.

Il ne faut pas qu'il tombe, qu'il touche la terre, même si les longues traînées blanchâtres qui la parcourent révèlent qu'on l'a recouverte de chlorure de chaux.

Il tente de respirer plus lentement, mais l'air lui manque. Il halète.

Pourquoi a-t-il voulu se rendre sur ce front des Flandres, dans cette plaine de la Lys, au pied de ce mont Kemmel, à la charnière des troupes anglaises et françaises, là où les Allemands ont lancé leur deuxième offensive, en ce 9 avril, après avoir été arrêtés à quelques kilomètres d'Amiens ?

Pour fuir Paris ? Pour ne pas être l'un de ces planqués ou de ces vieux qui, au bras de jeunes femmes de plus en plus décolletées, en robe courte et bottines à talons hauts, remplissent les restaurants, les théâtres, les bordels ?

— Mes filles ne savent plus où donner de la tête, avait dit Mme Clarisse en minaudant. La tête, enfin, c'est une façon de parler…

Elle avait ri.

— Nous avons toutes les races, maintenant : des Portugais, des Italiens, des Américains, bien sûr, et des Français, plus qu'avant-guerre. Les hommes n'ont jamais été aussi… hommes, la guerre les excite.

Et vous, messieurs, notre vraie clientèle, les fidèles d'entre les fidèles, vous êtes toujours là, les mêmes… Vous les connaissez, cher Finlay, on en vient à se demander qui se fait tuer….

Maintenant il est là, avec son groin, comme un animal apeuré qu'on traque et qui va crever dans cette boue corrosive.

Mais peut-être a-t-il quitté Paris pour montrer à Lucie Mourier qu'il n'est pas seulement un « bourreur de crânes », ni l'un de ces pacifistes qui veulent arrêter une guerre qu'ils n'ont pas faite, passant par pertes et profits ces millions de jeunes hommes qui ne doivent pas être morts pour rien alors qu'ils croyaient – qu'ils voulaient – combattre pour la victoire du droit, de la liberté, et pour que l'Alsace et la Lorraine soit rendues à la mère patrie.

On ne peut contester cela que si on a payé comptant, comme chacun d'eux l'a fait de sa vie. Tel avait été le cas d'Henri Mourier. Mais les autres ? Ceux qui, sur les bancs de la Chambre, après avoir exalté l'« Union sacrée », s'en étaient retirés et critiquaient Clemenceau ? Que ne s'étaient-ils exprimés en 1911, en 1913 et en 1914, alors que l'on venait d'assassiner Jaurès ?

Finlay était ici pour ne pas être confondu avec l'un d'eux.

Il étouffe. Il tremble avec les parois de la tranchée.

Mais peut-être a-t-il aussi eu peur de ce qu'il éprouvait pour Lucie Mourier, depuis ce soir de bombardement où, après avoir dîné au Dôme, il l'avait raccompagnée chez elle, rue Laplace ?

Elle s'était d'abord montrée douce et passive, puis elle avait sangloté et s'était animée, lui embrassant le cou, la poitrine, vive comme une source longtemps retenue et qui jaillit.

Il l'avait revue toutes les nuits et avait craint de ne plus pouvoir se passer d'elle.

Il avait donc quitté Paris avec Matthews qui servait comme officier de liaison, sur le front des Flandres, entre les troupes britanniques et les divisions françaises venues colmater les brèches ouvertes par la percée allemande.

Le bombardement des tranchées a cessé.

Finlay se redresse, va jusqu'au parapet, monte sur la marche du poste du guetteur.

Le mont Kemmel est enveloppé par les vapeurs des gaz. Il ressemble à un volcan en éruption.

Des hommes, les chasseurs de Chambéry du commandant Rouvière, résistent au fond du cratère.

8

John Christopher se penche, approche sa main ouverte du front de Lucie Mourier. Elle est allongée, les yeux fermés, les joues creusées mais empourprées.

Il hésite, bras tendu.

Tout à coup, Lucie tousse, se cambre, repousse les couvertures d'un mouvement brusque des jambes, aspire par à-coups, bouche béante, cou tendu, le front rejeté en arrière, les yeux révulsés.

Il retire vivement sa main comme lorsqu'on craint d'être brûlé ou agrippé, entraîné.

Il écarte sa chaise du lit. Il se recroqueville, la tête enfoncée dans les épaules.

Comme là-bas, dans les Flandres…

L'air avait été déchiré par une longue quinte aiguë. L'obus à croix jaune s'était fiché dans la boue de la tranchée, à quelques mètres de Finlay qui avait été renversé par le souffle, projeté à plusieurs pas.

Il s'était retrouvé à quatre pattes, les mains enfoncées dans la boue. Il avait regardé la croix jaune sur le cylindre d'acier gris.

Du gaz avait commencé à fuser par la base et la pointe de l'obus.

Il fallait à tout prix s'éloigner avant que l'air ne soit devenu une moutarde gluante qui, malgré le groin collé au visage, envahirait la bouche, les poumons, brûlerait la peau.

Il s'était redressé. Il avait vu ces silhouettes debout sur le parapet de la tranchée. S'agissait-il de *Stosstruppen* ou bien de survivants de la bataille du mont Kemmel ?

Par les lunettes du masque à gaz, il n'avait pas réussi à distinguer leurs casques, à identifier leurs armes, leurs uniformes. Il avait suffoqué, battant des bras, cherchant un trou, une arme, ou peut-être levant les mains pour se rendre. Ils allaient tirer. Mais, brusquement, ces hommes avaient basculé dans la tranchée comme des figurines dans une baraque de tir, et il avait vu leurs visages enflés, leurs yeux sanguinolents, leurs entrailles que les rafales de mitrailleuse avaient fait jaillir.

Il avait été couvert de merde et de sang. Il avait reculé, puis Rouvière l'avait arraché à la boue, poussé en avant.

— Ils ont pris le mont Kemmel, avait éructé Rouvière en soulevant son masque.

Finlay s'était retourné vers les corps étendus, cisaillés, que l'épaisseur du gaz enveloppait peu à peu.

Il ne peut oublier.

Il s'assied à nouveau près du lit. Il replace les couvertures, effleure ainsi la poitrine haletante de Lucie. La fièvre, il en est sûr, a augmenté. La peau est moite. Pourtant Lucie frissonne, claque des dents, se tend à nouveau, respirant dans un râle.

Finlay recule. Lui-même étouffe. Il a le visage en sueur.

Dès que John Christopher l'avait revue, le lendemain même de son retour à Paris, le 3 mai, il avait été empoigné par l'angoisse. Lucie lui avait paru épuisée, amaigrie. Elle toussait.

Il l'avait enlacée, mais elle était si brûlante qu'il l'avait repoussée, la tenant aux épaules, l'interrogeant : était-elle malade ?

Elle n'avait pas répondu, parlant des réfugiés auxquels elle avait parlé, qui avaient dû abandonner leurs villages au milieu de la nuit. Les gendarmes ne leur avaient laissé qu'une heure pour quitter leurs maisons : « Les Allemands ne sont qu'à quelques kilomètres. Le front se déplace vite. Il n'y a plus de troupes entre eux et vous », avaient-ils expliqué.

— Une heure, avait dit Lucie.

Elle avait toussé longuement, la main sur la bouche.

Les jours suivants, Finlay avait appris qu'à Paris et dans la plupart des grandes villes les médecins signalaient les ravages d'une étrange épidémie. Les morts se comptaient déjà par centaines.

Elle se répandait comme un gaz invisible. Elle semblait frapper au hasard, sans qu'on pût comprendre les voies de la contagion. Mais on mourait quelques heures après un accès de fièvre et les premières quintes de toux.

On avait cru que les Allemands avaient réussi à empoisonner l'air, mais toute l'Europe était touchée, comme si un ennemi inconnu avait décidé de décimer plus vite encore ces peuples déjà exsangues après quatre années de massacre, ou bien de les réconcilier dans la mort.

On avait appelé cette maladie foudroyante « grippe espagnole », et Finlay, lorsqu'il avait rencontré le capitaine Lévy, s'était étonné de cette expression presque anodine. Lévy avait haussé les épaules. Il était grave, inquiet.

— C'est une sorte de peste, avait-il dit. Vous auriez préféré qu'on la nomme ainsi : « peste jaune » ? « Peste bleue » ? « Grippe espagnole » ? Tant mieux si cela n'effraie pas ! On ne sait pas la combattre. Elle tue plus que les obus. Elle nous poignarde. Elle désorganise tout : le front, l'arrière...

En parcourant les rues, Finlay avait eu l'impression que la ville s'était vidée. Chez Igor, au Dôme, de nombreuses tables étaient inoccupées.

— Il faut boire, avait dit Igor. L'alcool tue les germes. Je me défends comme ça.

Il avait posé devant Finlay une bouteille de vodka. Et Finlay avait bu, d'abord seul, puis Renaud Duchesnes s'était assis près de lui.

— On me dit que vous revenez des Flandres ? avait interrogé ce dernier. Clemenceau et Foch s'attendent à de nouvelles attaques. Ces Allemands sont inépuisables ! Et les socialistes qui veulent leur tendre la main – en ce moment ! Ils prétendent parler au nom de la classe ouvrière ! Clemenceau leur a lancé : « La classe ouvrière n'est pas votre propriété, messieurs ! Vos mains ne sont pas plus calleuses que les miennes ! Vous êtes des bourgeois, tout comme moi ! » Si vous les aviez vus, tassés sur leurs bancs, à la Chambre ! Ils enrageaient. Ils ont accusé Clemenceau d'avoir fait échouer une proposition autrichienne de paix séparée. Ils ont lu une déclaration du comte Czernin, le ministre des Affaires étrangères de Vienne. Clemenceau a bondi : « Ce comte est un menteur, s'est-il écrié, c'est un infâme ! Il sait mieux que personne qu'il ne dit pas la vérité. Et vous le croyez !

Sachez qu'il y a des consciences pourries... » Un tollé !

Duchesnes avait bu, murmuré que le frère de Clemenceau, Paul, avait une épouse autrichienne, et que peut-être, en effet, par son intermédiaire, les Autrichiens avaient essayé de prendre contact avec Paris. Clemenceau avait rompu avec son frère, menacé :

— « La révolution remportait jadis la victoire aux cris de : "Nous sommes trahis !" Dans ce temps-là, il y avait sur la place de la Concorde un instrument de concorde ! »

— Nouveau scandale, mon cher Finlay. On a accusé Clemenceau de vouloir dresser la guillotine, comme en 1794. Mais il les a fait taire en rappelant que nos hommes étaient tombés par millions, que c'était la pire des crises de toute notre histoire, et que ce n'était pas en bêlant « la paix » qu'on renverserait le militarisme prussien.

Duchesnes s'était affalé sur la table.

— Il a raison : guillotinons les traîtres ! Mais qu'est-ce qu'on fait avec la grippe espagnole, Finlay ? On la fusille ?

Il avait ri. Il était fin saoul.

C'est cette nuit-là, en rentrant chez lui, que Finlay avait découvert, étendue sur le palier devant chez lui, Lucie Mourier.

Elle geignait, les bras repliés, sa joue droite reposant sur ses poings.

Il s'était agenouillé. La sueur striait le visage de la jeune femme.

Il avait ouvert la porte, puis il l'avait portée jusqu'au canapé du salon, demandant à Jeanne de la veiller cependant qu'il descendait au premier étage, chez le docteur Neveu.

— Pas à l'hôpital, surtout pas ! avait murmuré Neveu après avoir ausculté Lucie. Soignez-la chez vous, ou chez elle.

Finlay – plus tard, il se le reprocherait – avait répété « chez elle, chez elle… » avec la même angoisse qu'il avait éprouvée quand il s'était retrouvé, dans la tranchée au pied du mont Kemmel, à quelques mètres de l'obus à croix jaune.

— C'est comme si Dieu voulait nous punir, avait repris Neveu, écraser les hommes dans l'étau de cette épidémie pour leur rappeler qu'il est le maître de la Vie et de la Mort, et que, puisque nous nous suicidons il va, lui, souverain, nous moissonner comme il l'entend, et au plus vite ! « Vous faites la guerre, vous tuez les plus jeunes d'entre vous ? Eh bien, j'ordonne à la Mort de tuer ceux que vous ne voulez pas sacrifier, les vieux, les planqués, les enfants, les femmes, ceux qui s'imaginent à l'abri, surtout ceux qui se vautrent et se repaissent à l'arrière dans le plaisir ! »

Tout en parlant, Neveu se lavait les mains avec une sorte de frénésie.

— Au Val-de-Grâce, la grippe tue les soldats convalescents, ceux que nous avions cru sauver. Il y a tant de morts dans les hôpitaux qu'on manque de cercueils et de corbillards, alors on transporte les cadavres dans des toiles de tente, des draps qui servent de linceuls… On les charge ainsi dans les charrettes, on les enterre de nuit.

Finlay avait raccompagné Neveu jusqu'à sa porte, descendant l'escalier en silence, dans la pénombre. Le docteur l'avait dévisagé sur le seuil de son appartement.

— Chez elle, avait-il répété. Oui, protégez-vous et protégez-nous. Mais vous êtes, comme chacun de nous, dans la main de Dieu.

Finlay, au chevet de Lucie Mourier, prie.

Il restera chez elle autant qu'il le faudra. Il ne la quittera pas.

Il s'approche. Elle s'accroche à son cou.

Il a l'impression qu'un cercle de feu lui enserre la gorge.

Il se penche davantage, l'embrasse.

9

Finlay avait marché à pas lents sur le pont de la Concorde. Il s'était arrêté souvent, comme s'il hésitait. Il s'était retourné, avait regardé la Chambre des députés qu'il venait de quitter après avoir écouté, depuis la loge réservée à la presse, le vibrant, l'exaltant discours de Clemenceau. Puis, dans la salle des Quatre Colonnes, il avait observé les députés, recueilli leurs confidences ; il les avait entendus aussi s'interpeller, s'invectiver parfois.

Pendant ce temps-là, les troupes allemandes avaient atteint la lisière de la forêt de Villers-Cotterêts. Elles n'étaient donc plus qu'à une soixantaine de kilomètres de Paris. Elles pouvaient s'infiltrer, à partir de là, le long de la forêt de Château-Thierry, en direction de Meaux – « *Nach Paris !* » comme criaient les *Stosstruppen* lorsqu'elles se lançaient à l'assaut, leurs casques recouverts de feuillage.

Le front avait cédé depuis le début de leur offensive, le 27 mai. En quelques heures de bombardement au gaz moutarde, le Chemin des Dames avait été enveloppé d'une vapeur jaunâtre, et les fantassins qui le défendaient avaient reculé. Une déroute.

Lorsqu'il avait appris cette nouvelle, il avait eu le sentiment que tous les morts, tous les combattants qu'il avait côtoyés lors des assauts de 1917 étaient profanés, trahis.

Le Chemin des Dames n'avait pu être conquis lors de l'offensive de Nivelle à laquelle Finlay avait participé ; il ne l'avait été qu'au mois d'octobre 1917, et Pétain en avait tiré gloire. Il avait donc été abandonné en quelques heures par un autre général, et les Allemands, disait-on, n'avaient eu à déplorer que peu de pertes, alors que les Français avaient été massacrés par dizaines de milliers et qu'on dénombrait quarante-cinq mille prisonniers.

Dans la salle des Quatre Colonnes, le député-maire de Périgueux, Jules Farlat, avait entraîné Finlay à l'écart des petits groupes qui entouraient chaque député.

— Je crains que nous ne venions de perdre la guerre, avait-il chuchoté. C'est comme en 1870 : les lions que sont nos soldats sont conduits par des ânes ! Et Clemenceau défend les généraux. Ils sont intouchables. Vous étiez dans la loge de la presse, vous avez entendu mon intervention ? J'ai dit – il avait haussé le ton comme si, tout à coup, il avait tenu à ce que d'autres journalistes l'entendent : « Si la loi s'appesantit d'une façon formidable sur le soldat qui défaille à son devoir, elle doit être plus terrible pour le chef qui, par négligence ou imprévoyance, peut causer des défaites irréparables. » Ça vous concerne aussi, vous – il avait pointé l'index sur Finlay –, car Foch et Pétain ont engagé deux régiments de la deuxième division d'infanterie américaine entre Torcy et le bois Belleau. Je reviens de là-bas avec quelques autres députés : Maurice Flécheux, bien sûr, mais lui, il ne voit que ce qu'il veut voir ! Nos soldats sont épuisés. Ils dorment tout en marchant. Ils ont crié aux *Sammies* que tout était perdu. Je les ai entendus...

Il y avait comme un plaisir amer dans le récit de Farlat.

Il avait insisté sur la responsabilité de Clemenceau qui avait soutenu Foch et Pétain sans choisir, alors que les deux généraux étaient en complet désaccord. Et il n'avait pas sanctionné le général qui avait oublié de faire sauter les ponts sur l'Aisne.

— Vous entendez, Finlay ! Des charges étaient en place sur les piles. Nos sapeurs se faisaient tuer par les avant-gardes allemandes sans quitter leur poste, attendant des ordres qui ne sont jamais venus ! Et les Allemands ont franchi l'Aisne aussi facilement que vous pouvez traverser le pont de la Concorde. Ils sont arrivés sans rencontrer de résistance sur les hauteurs qui dominent la Marne. Soissons est tombé. Reims est menacé. Mais, mon cher Finlay, c'est une déroute à la Caporetto ! Seulement, après le désastre italien, nous étions là ; en revanche, lorsque nous sommes défaits, il n'y a plus rien. Si, vous, les Américains ! Mais le temps que vous soyez en état de vous opposer aux divisions allemandes, Paris sera tombé.

Finlay s'était éloigné.

La complaisance mise par Farlat à évoquer cette situation sinistre lui avait déplu, tout comme la complicité que le député-maire avait cherché à établir avec lui en racontant comment il avait accordé un soutien financier à Léon Dumas pour lui permettre de s'installer dans la ferme que Jeanne – « Mais oui, votre Jeanne, Finlay ! » – lui avait louée. Les frères et les parents étaient morts ; les bâtiments, les champs et les pâtures étaient à l'abandon. Léon Dumas avait accepté la proposition.

— Il parle moins de la révision du procès de Juliette Dumas. C'est tant mieux, n'est-ce pas ? Peut-être un jour Jeanne et lui feront-ils des enfants. Il faudra bien qu'on se repeuple, non ?

Finlay n'avait pas commenté ces propos, mais l'attitude, le ton, la fausse compassion avec lesquels Farlat et deux ou trois députés socialistes avaient rapporté que, le 29 mai, Clemenceau et un officier membre de son cabinet – sans doute le capitaine Lucien Lévy – avaient échappé de justesse aux Allemands, à Fère-en-Tardenois, lui avaient paru suspects, empreints d'hypocrisie. Il y avait de la jubilation derrière leurs exclamations attristées.

Finlay avait abordé le capitaine Lévy qui était assis seul sur une des banquettes de la salle.

L'officier avait confirmé l'événement :

— Clemenceau était décidé à se défendre les armes à la main. Ni lui ni moi n'aurions accepté d'être faits prisonniers. Ces gens – Lévy avait montré Farlat et les autres députés autour desquels se pressaient les journalistes –, dans leurs têtes, ont capitulé. La situation est certes dramatique, c'est même la pire que nous pouvions imaginer. Nous avons perdu près de cent quarante mille hommes, et c'est la plus grande victoire allemande depuis août 1914. Je vais vous faire une confidence, Finlay, parce que j'ai confiance en vous : quand j'ai vu, au quartier général de Foch, les flèches représentant les percées allemandes, quand j'ai vu Soissons rayé par deux traits noirs, j'ai été épouvanté. Mais, en même temps, j'ai senti – et je sais que Clemenceau a éprouvé le même désespoir et la même résolution – que nous allions vaincre, si nous le voulions. Eux…

Il avait tourné la tête vers les parlementaires.

— eux, Finlay, savez-vous ce qui les préoccupe ? L'après-Clemenceau ! Ils veulent prendre leur revanche. Farlat, Briand – oui, même Briand ! – manœuvrent, ils veulent utiliser la défaite du Chemin des Dames comme levier pour leur opération politique. Ils tentent de convaincre Poincaré de rassembler tous les ennemis de Clemenceau – et pourquoi pas, demain, un gouvernement Briand avec Caillaux que l'on aurait sorti de prison ? Écoutez-les, faites-les parler : ils sont diserts. Voyez Farlat, c'est l'homme de Caillaux ! Voyez Briand ! Ils font les couloirs. Briand répète : « Ah, si on m'avait écouté, si on avait fait la paix pendant que nous étions vainqueurs ! » Et ils accusent les généraux, Foch, Pétain, pour mieux abattre Clemenceau. Mais lui, il ne cédera pas !

Finlay en avait été persuadé dès qu'il avait vu le président du Conseil répondre en séance aux députés qui l'interpellaient :

« Quelles sanctions comptez-vous prendre à l'égard des incapables ? » avaient-ils demandé.

Ils visaient Foch, qui s'était obstiné à prêcher l'offensive alors qu'il fallait d'abord briser les assauts allemands. Ou bien ils suggéraient que Pétain avait couvert les défaillances des généraux qui avaient « oublié » de faire sauter les ponts sur l'Aisne, ces ponts que les *Stosstruppen* avaient franchis au pas de course…

Clemenceau s'était agrippé à la tribune comme un capitaine qui doit tenir la barre en pleine tempête, vent debout, alors que la coque du navire craque et que l'équipage affolé est prêt à se jeter par-dessus bord.

Il avait défié les députés, bras tendus, mains grises cramponnées au rebord du pupitre, menton levé.

— S'il faut, avait-il commencé, pour obtenir l'approbation de certaines personnes qui jugent hâtivement, abandonner les chefs qui ont bien mérité de la Patrie, c'est une lâcheté dont je suis incapable ! N'attendez pas de moi que je la commette !...

Il avait parlé des heures cruelles que traversait la nation, de la défaillance de la Russie, du million de soldats allemands qui devait quitter ce front et qu'on lançait à présent contre l'Occident.

— De ce million d'hommes passé du front oriental au front occidental, attendiez-vous autre chose que la canonnade, le coup de massue, le formidable coup de bélier qui est donné en ce moment contre nos lignes ? Certainement non ! Voilà les heures cruelles qu'il nous faut traverser, et nos soldats se battent dans une bataille terrible, à un contre cinq, sans dormir, et cela trois ou quatre jours de suite...

Il s'était arrêté, laissant passer une vague d'applaudissements, mais sans qu'aucun des traits de son visage bouge, toujours crispés comme ceux d'un lutteur. Puis, quand le silence était revenu dans l'hémicycle, il avait lancé :

— Ces soldats, ces grands soldats ont des chefs dignes d'eux !

Un député, peut-être Farlat, avait lancé :

— Pas tous !

Tumulte, protestations, et, les dominant, la voix de Clemenceau, plus aiguë et plus forte :

— J'ai vu ces chefs à l'œuvre, je les ai vus, épuisés de fatigue par l'absence de sommeil...

Pouvait-on exiger de tels hommes, en pleine bataille, qu'ils expliquent telle ou telle décision ?

— Chassez-moi de la tribune si vous me demandez cela, car je ne le ferai pas !

Puis, tendant le bras comme pour endiguer les applaudissements, il avait lancé :

— Nous ne consentirons qu'à une paix de victoire… Nous remporterons cette victoire si les pouvoirs publics sont à la hauteur de leurs devoirs, parce qu'il n'y a nul besoin de faire cette recommandation aux soldats. Ceux qui sont tombés ne sont pas tombés en vain, parce qu'ils ont grandi l'Histoire française. Il reste aux vivants à parachever l'œuvre magnifique des morts…

On l'avait de nouveau acclamé.

Il s'était redressé, avait croisé les bras.

— Je me bats devant Paris, je me bats à Paris, je me bats derrière Paris ! avait-il conclu.

Finlay était resté plusieurs minutes dans la tribune de presse après que Clemenceau eut terminé son discours et que les députés eurent quitté l'hémicycle.

À plusieurs reprises, pendant que le Tigre parlait, il avait eu envie de se lever et d'applaudir. Cet homme exprimait l'énergie d'une nation qui ne voulait pas céder, qui acceptait – malgré les réticences et la lassitude de beaucoup, les critiques de quelques-uns, leurs petits calculs ou leurs folles illusions – les plus grands sacrifices. Et Finlay en avait été convaincu : cette nation survivrait à ces heures cruelles, à cette humiliation et au désespoir de savoir Paris, déjà bombardé depuis des mois, une nouvelle fois menacé.

Clemenceau avait d'ailleurs annoncé la création d'un Comité de défense du camp retranché de Paris dont le ministère de la Guerre organiserait l'armement.

Et cela près de quatre ans après le début de la guerre !

Et l'on se battait sur la Marne, à quelques dizaines de kilomètres de la capitale, comme en septembre 1914 !

Finlay avait sursauté quand un huissier l'avait prié de quitter la loge de la presse.

L'homme avait un visage rougeaud, des décorations accrochées au revers de sa veste noire, et sa manche gauche flottait, vide.

— On l'écouterait des heures, n'est-ce pas, monsieur ? avait dit l'huissier en s'effaçant pour laisser sortir le journaliste. Il nous défend bien.

— Où ? avait murmuré John Christopher, les yeux rivés sur la manche vide.

— Le Chemin des Dames, monsieur.

Après quelques secondes, l'huissier avait ajouté :

— On le reprendra. On a versé trop de sang. On a laissé trop de morts, là-bas. Il est à nous.

— On le reprendra, avait répété Finlay.

Puis il avait gagné la salle des Quatre Colonnes, retrouvé Farlat, le brouhaha, les critiques, et il avait eu l'impression de retomber dans une boue fétide et corrosive.

Il avait alors décidé de marcher vers la place de la Concorde, et, dans l'impeccable géométrie de ce grand espace, dans l'ordonnancement des façades, il avait eu le sentiment de lire l'histoire de cette nation pour laquelle tant d'hommes avaient donné leur vie.

10

Finlay est assis sur le talus, entre les arbres, bras tendus en arrière, ses mains écrasant les hautes herbes, jambes pendantes dans le fossé qui borde la route.

Il se penche. Les jeunes soldats ont sauté des camions immobilisés sur la longue chaussée étroite.

Il suffirait d'un avion volant au ras de la cime des arbres, mitraillant en enfilade cette route encombrée, pour la transformer en tranchée écarlate.

Il ferme les yeux.

Qui choisit entre ceux que la mort emporte ou qu'elle laisse survivre, mutilés, et ceux qui, bras ballants, regardent, indemnes, heureux et désespérés, leurs camarades étendus, dépecés sur l'asphalte ? Et il leur faudra rassembler et recueillir les débris de ces corps dans des toiles de tente...

Qui choisit le vif pour l'entraîner dans la fosse ?

Depuis le départ de Paris, John Christopher s'était interrogé.

Il s'était recroquevillé dans la voiture, assis à l'arrière entre Capponi et Barruel. Il avait fait mine de somnoler pour ne pas écouter l'Italien raconter la contre-offensive fulgurante de ses compatriotes qui avaient stoppé sur le Piave l'avalanche autrichienne.

— Avec nos seules poitrines ! L'Italie de Caporetto n'existe plus, avait répété Capponi. C'est celle des *Arditi*, des *Alpini*, des camarades de Mussolini, des héros qui l'a remplacée !

Il avait posé sa main sur le genou de Finlay.

— On disait de nous – vous le savez bien, même si vous n'avez jamais été de ceux-là : vous nous avez soutenus dès mai 1915, puis en octobre 1917, quand il s'est agi d'entrer dans la guerre, puis de résister au défaitisme d'après Caporetto, oui, vous étiez là à nos côtés, mais enfin, vous ne l'ignorez pas (il avait tapoté la jambe de l'Américain), on nous a présentés comme une nation naufragée, accrochée à une planche, et les Autrichiens trancheraient nos doigts quand et comme ils le voudraient, et la malheureuse Italie coulerait à pic ! Voilà ce qu'on disait, et pas seulement à Vienne ou à Berlin, mais à Paris, n'est-ce pas, Barruel ?

Il s'était penché, mais l'homme du *Petit Parisien* n'avait pas répondu.

— Et maintenant que nous avons repoussé les Autrichiens, l'une de nos divisions, la Brescia, composée d'*Alpini*, d'*Arditi*, l'élite de nos troupes, est sur le front français dans le secteur de Reims...

— Entre nations latines, avait observé Barruel, entre alliés, c'est le pacte du sang !

Mais il avait ajouté que, selon Foch, l'offensive allemande venait d'expirer comme le flot sur la grève...

Assis à l'avant, Duchesnes s'était retourné, rapportant que, d'après le capitaine Lévy, Clemenceau et l'état-major croyaient à une nouvelle et prochaine offensive allemande, sans doute pour la fin juillet.

Duchesnes avait interrogé à ce propos Finlay, mais celui-ci était resté silencieux, se laissant aller aux cahots de la voiture qui s'était glissée entre les camions chargés de soldats américains en route vers le front, vers le saillant de Saint-Mihiel.

Puis le convoi s'était arrêté.

Il fallait laisser passer des unités françaises qui descendaient au repos. John Christopher avait aperçu, marchant sur les bas-côtés en file indienne, ces poilus exténués au regard fiévreux, au visage amaigri, à la silhouette voûtée. Les *Sammies* les saluaient, les interpellaient, leur lançaient des cigarettes. Mais les rescapés levaient à peine la tête.

— De grands soldats..., avaient lâché Barruel en descendant de la voiture coincée entre deux camions.

Finlay s'était éloigné. Il avait observé ces jeunes compatriotes imberbes aux traits reposés, à la nuque et aux tempes rasées. Ils avaient retroussé les manches de leur chemise dont le col était ouvert, laissant voir leur plaque matricule suspendue au bout d'une chaîne de métal argenté.

Lequel de ces deux-là l'arracherait à l'autre ?

Qui choisirait le vif pour en faire un mort ?

C'était la question qu'avait posée la veille, à mi-voix, le docteur Neveu avant de rejoindre Finlay sur le balcon de l'appartement de Lucie Mourier. On y surplombait une cour allongée, entourée de murs de pierres usées, recouvertes de mousse.

— C'est une partie de l'enceinte de Philippe Auguste, avait indiqué Neveu en s'asseyant près de John Christopher. Elle entoure la montagne Sainte-Geneviève. Elle est là depuis quelque sept siècles ! Nos propres vies passent si vite, n'est-ce pas...

Il avait pris la main de Finlay. Celui-ci n'avait pas osé le regarder, fixant le soleil éblouissant de juillet qui rejaillissait sur la coupole du Panthéon qu'on apercevait, tel un immense bloc sculpté, dominant les toits.

— Lucie est sauvée, avait murmuré le praticien. Le rétablissement va être long, mais les griffes se sont desserrées. Pourquoi ? Qui choisit celle-là plutôt que celui-ci ?

Il s'était levé, avait posé ses deux paumes sur les épaules du journaliste.

— Peut-être a-t-elle simplement senti que vous ne vouliez pas qu'elle vous quitte ? avait-il poursuivi.

Il avait murmuré qu'il était persuadé qu'à l'hôpital elle serait morte.

— On est impuissant. On ne les connaît pas. Personne n'est autorisé à se tenir à leur chevet. Alors ils partent en quelques heures... En la veillant, Finlay, vous l'avez sauvée.

Qui choisira parmi ces jeunes hommes qui déambulent sur la route en se bousculant joyeusement ? Certains se sont allongés dans l'herbe. D'autres entourent Barruel, Capponi, Duchesnes, Varin et les quelques journalistes invités par l'ambassadeur Preston Caffery et le général Pershing à rencontrer les soldats des divisions américaines. Mais Finlay devine que ce sont les journalistes qui parlent : Barruel et Capponi pérorent, Varin et Duchesnes exposent et expliquent. Tout au long du voyage, les uns et les autres n'avaient cessé de deviser comme si on ne roulait pas vers le front à la rencontre d'hommes qui allaient mourir.

Varin avait trouvé Isabelle Saynac extraordinaire dans *L'Aiglon* :

— Jeunesse, beauté, enthousiasme, et ce qu'il y faut de fragilité... Dites-lui, Barruel, toute mon admiration.

Celui-ci s'était rengorgé, puis s'était tourné vers Finlay :

— On ne vous a pas vu. Je suis sûr qu'Isabelle vous a fait parvenir une invitation. Je sais bien que c'est une reprise, mais Isabelle se plaint, mon cher, elle vous regrette. Je devrais peut-être me réjouir, mais je cherche avant tout à la satisfaire... Vous, vous connaissez les femmes mieux que moi !

Il avait eu un large sourire.

— Hier, feu Juliette Dumas ! Aujourd'hui, Isabelle me fait part de vos bonnes fortunes : on dit que vous êtes au mieux avec Lucie Mourier, la sœur d'Henri Mourier... Et je n'oublie pas la comtesse Rosa di Bellagio. Mais, voyez-vous, Finlay, il faudra que vous m'expliquiez pourquoi vous choisissez chaque fois des femmes coupables ou suspectes...

John Christopher avait serré les poings et failli répondre : « Dans quelle catégorie rangez-vous Isabelle ? » Mais ils étaient déjà parvenus au camp américain de Coulommiers où le colonel Paterson les attendait pour leur présenter son état-major et les *Sammies* – si jeunes, si jeunes, qui n'avaient encore essuyé le feu d'aucun ennemi – embarquant dans les camions.

On ne s'était guère attardé et la voiture était repartie, roulant entre les lourds véhicules à bord desquels les *Sammies*, certains couchés sur les bâches, chantaient des refrains du Texas ou de la Louisiane.

Barruel et Capponi s'étaient remis à pérorer, interpellant parfois Finlay qui s'était rassis entre eux deux.

C'est Barruel qui avait parlé le premier de la comtesse Rosa di Bellagio :

— Vous vous souvenez, Finlay, d'Anton Gratchev, ce journaliste russe que l'on croyait proche d'Isvolsky et qui était rentré à Petrograd avec Lénine ? Eh bien, il est à Paris. Ce qu'il raconte est effrayant. Rosa di Bellagio est au cœur du pouvoir, il m'a assuré qu'elle était la maîtresse en titre de Peschkov, l'un des chefs de cette police, la Tcheka, qui a repris en pire les traditions de l'Okhrana tsariste. Vous saviez ça, Finlay ?

Ne pas répondre... Paraître somnoler... Ne pas se souvenir de Rosa di Bellagio, ni du récit de Gratchev que Finlay avait hébergé quelques jours chez lui, l'écoutant parler toute une nuit.

Il lui avait décrit une Russie retournée à la barbarie, des régions entières du Sud mises au pillage par des bandes de gueux, d'affamés, d'enfant, même, qui tuaient pour s'emparer d'un morceau de pain, d'une paire de chaussures, parfois pour se partager la chair de leur victime. Sur les marchés de certaines localités on vendait de la viande hachée dont on murmurait qu'elle était de la chair humaine. Voilà quel était d'abord le résultat de la révolution : une régression, la Russie livrée par pans entiers aux Allemands qui rêvaient de la dépecer. Des généraux avaient constitué des « armées blanches », parfois avec l'aide d'officiers français, anglais, japonais, américains. Ils se conduisaient en seigneurs de la guerre, volant, violant, pillant, rêvant de renverser et chasser Lénine. Et, pendant ce temps-là, les bolcheviks acculés, minoritaires, assassinaient leurs opposants, qu'ils fussent « blancs » ou socialistes-révolutionnaires...

— Une dictature barbare, cynique, fanatique, avait répété Gratchev. Aucun principe moral ne les retient. Ils vont assassiner le tsar, mais pas seulement lui : toute la famille Romanov, y compris les jeunes enfants. Ils les séquestrent pour l'instant on ne sait où. Mais ils les tueront.

— Rosa di Bellagio ? s'était enquis Finlay.

Gratchev avait écarté les mains, baissé la tête.

— Elle ne peut pas être dupe, avait-il répondu. Mais comment pourrait-elle rompre ? S'ils la soupçonnaient, ils la tueraient d'une balle dans la nuque : c'est leur méthode. Je l'ai vue en compagnie de son amant, Peschkov.

Finlay se souvenait de cet homme jeune aux cheveux noirs qu'il avait rencontré à Berne, puis à Zimmerwald.

— Il est l'un de ces criminels avides de pouvoir, prêts à tuer, et il n'hésiterait pas à exécuter lui-même Rosa. Elle a compris que je voulais quitter la Russie. Elle m'a mis en garde contre Peschkov, et, quand je lui ai demandé de faux papiers sous prétexte d'aider un ami, elle me les a procurés sans me poser aucune question. Je savais qu'elle ne me ferait pas tomber dans un traquenard.

Gratchev avait soupiré, croisé les doigts derrière sa nuque.

— Mais nous ne comprenons pas les femmes, Finlay. Qui peut savoir ce qui la retient là-bas ? Sa passion pour Peschkov ? Je ne le crois pas. Le goût du pouvoir ? Elle aime jouer avec les hommes. Mais, vous le savez, Finlay, moi aussi. Il y a certes cette jouissance de l'action, du risque. Je pense qu'elle n'a plus aucune illusion, mais elle ne peut renoncer à cet opium : agir, faire plier les hommes, voire même les abattre. Voilà pourquoi elle vit avec ce Peschkov qui n'est jamais qu'un exécuteur, un bourreau. Il n'hésite pas à tuer de ses propres mains. Mais peut-être les tueurs attirent-ils les femmes comme Rosa di Bellagio ?

Il avait souri, son visage exprimant le désespoir et la lassitude.

— Or je ne suis pas un assassin, Finlay, ni vous non plus. Mais qui sait, peut-être un jour se réveillera-t-elle, découvrira-t-elle que ce qu'elle vit n'est qu'un sanglant cauchemar, et reviendra-t-elle parmi les civilisés ?

— Civilisés ? avait protesté Finlay.

Il avait tant de souvenirs de corps déchiquetés, d'ossements dispersés, ou, au contraire, entassés, de flots de boue rougeâtre, d'entrailles répandues et d'hommes défigurés, ou bien portant ce groin pour tenter de survivre à l'éclatement des obus à croix jaune, qu'il ne pouvait choisir entre ces visions qui étaient gravées dans son corps et sa mémoire comme autant de blessures ouvertes.

Il avait simplement ajouté :

— Civilisés *et* barbares !

Anton Gratchev l'avait longuement regardé, puis avait haussé les épaules.

— L'homme, Finlay, c'est toujours le bien *et* le mal... Mais, là-bas d'où je viens, dans mon pays, ma Russie, il n'y a plus que le mal. Ces gens-là ne se posent plus de questions. La mort est la seule réponse qu'ils donnent. Toujours.

— La guerre, c'est la mort, avait répondu laconiquement John Christopher.

— Elle va se terminer.

— Nous lui avons ouvert toutes les portes, toutes les âmes. Elle va régner longtemps, et la paix, quelle qu'elle soit, ressemblera encore, j'en suis sûr, à la guerre.

— Taisez-vous, Finlay, ou je me tue !

Gratchev avait à nouveau souri.

— J'y ai pensé quelquefois, avait-il repris. Peut-être ai-je manqué de courage...

Il s'était levé.

— Mais peut-être y a-t-il encore au fond de moi un peu d'espérance.

Il avait appuyé sa main sur l'épaule de l'Américain.

— Chez vous aussi, Finlay. Peut-être plus que chez moi, même. Cette Lucie Mourier dont vous m'avez parlé ? Quand on est aimé, quand on aime, c'est qu'on n'a pas renoncé à l'espoir.

— Qui vous dit ?....

— Mais si, mais si !

Gratchev s'était dirigé vers la chambre. C'était l'aube, déjà.

— Faites-lui un enfant, Finlay, ça oblige à vivre.

— Pour qu'on le tue ou qu'il tue ?

— Un enfant, Finlay. Moi, c'est trop tard. Mais vous, il vous faut faire ce pari. C'est la seule manière de combattre la mort.

— Ou de lui offrir une victime de plus !

— La vie d'abord. Après, Dieu décide.

Au-dessus de la cime des arbres, Finlay contemple le ciel immensément bleu de ces premiers jours de juillet 1918.

Le convoi des camions s'ébranle. Les jeunes soldats courent, s'accrochent aux ridelles. On leur tend la main. Ils se hissent. Ils se bousculent. Ils rient.

Finlay se lève, saute le fossé, se dirige vers la voiture à bord de laquelle Capponi, Barruel, Duchesnes, Varin ont déjà pris place.

Au loin, comme un tonnerre assourdi, on entend le martèlement des canons.

11

Bras croisés, Finlay est adossé au tronc d'un chêne dressé seul en avant-garde de la futaie, à la proue d'une plate-forme rocheuse qui surplombe le chemin forestier.

Il se penche. Le chemin ressemble à un fossé rempli de boue noire dans laquelle sont enlisés camions, voitures, side-cars, cuisines roulantes, pièces d'artillerie. Autour des véhicules, des hommes crient, gesticulent, les poussent de l'épaule ou s'arc-boutent, bras tendus, grappes brunâtres qui tout à coup s'effondrent et que la pluie fine, inlassable, recouvre et dissout.

Elle perce le feuillage du chêne et martèle le casque de Finlay. Elle glisse sur son ciré, s'y infiltre. Il a l'impression que les gouttes glacées, sous ses vêtements imbibés d'eau, lui griffent le dos, les épaules. Il se frotte contre le tronc noueux, lève la tête pour rechercher l'abri des branches les plus serrées, du feuillage le plus épais. La pluie inonde son visage, l'oblige à fermer les yeux et à s'ébrouer. Il enfonce les mains dans les poches de son ciré, mais la toile humide colle à ses doigts. Il frissonne.

Sur le talus qui fait face à la plate-forme, il aperçoit le colonel Paterson, le col de son ciré relevé. L'officier doit hurler, mais sa voix se perd dans le grondement des moteurs qui patinent, accélèrent dans un vrombissement strident avant de hoqueter, essoufflés. Alors montent du sentier des voix qui couvrent celle de

Paterson, et, tout à coup, l'orage gronde, noie tous les autres bruits dans le martèlement de l'averse et les roulements du tonnerre.

Finlay se souvient de la canonnade assourdie qu'il avait entendue alors qu'il se trouvait au bord de la route conduisant à Saint-Mihiel.

C'était il y a deux mois. Dans l'été bleu et luisant, l'odeur de la terre sèche et des foins, les jeunes hommes chantaient les refrains du Sud et des Grandes Plaines.

Le convoi de camions roulait vers le saillant de Saint-Mihiel. Les divisions américaines avaient remplacé des troupes françaises plus aguerries qui montaient vers Château-Thierry, vers les hauteurs de Champagne ou la forêt de Villers-Cotterêts, là où les Allemands venaient de lancer leur quatrième offensive depuis mars.

Et les premiers prisonniers avaient répété d'abord avec morgue, puis d'une voix lasse, accompagnant le mot d'un haussement d'épaules, que leurs officiers avaient déclaré qu'il s'agissait de la *Friedensturm* : la ruée pour la paix.

Plus tard, le capitaine Lévy avait montré à Finlay l'un des tracts que les aviateurs allemands lançaient des carlingues de leurs Gotha en survolant les villes proches du front, Châlons ou Reims : « Mesdames les Châlonnaises, préparez nos chambres ! », « Mesdames les Rémoises, faites nos lits ! »...

Lévy avait reposé les tracts sur son bureau, puis, les doigts entrecroisés devant sa bouche, les pouces appuyés à sa lèvre inférieure, il avait un long moment gardé le silence.

On était alors à la mi-août. Après avoir réussi à percer le front à l'ouest de Reims et à traverser la

Marne, l'offensive allemande avait été brisée à l'est de la ville et contenue sur la rive sud. Les obus à l'ypérite – l'éclat de métal que Lévy venait de placer sur les tracts comme pour les écraser provenait de l'un d'eux – avaient étouffé à son tour l'infanterie allemande dans des nuages vert-jaune. Les chars légers lancés par dizaines avaient repoussé les *Stosstruppen*.

L'ordre avait été donné par Foch de contre-attaquer :

« Le moment est venu de quitter l'attitude générale de défensive imposée jusqu'ici par l'infériorité numérique, et de passer à l'offensive ! »

Et les Allemands avaient dû reculer. Finie, la ruée pour la paix, la *Friedensturm* à laquelle les fantassins allemands avaient cru, rassemblant leurs dernières forces !

Lévy avait secoué la tête.

— Il n'y avait pas d'autre issue, avait-il murmuré.

D'un mouvement du menton, sans que ses mains bougent, il avait montré les tracts :

— Clemenceau a raison, avait-il repris. Il fallait en tuer, en tuer beaucoup jusqu'à ce qu'ils en aient assez. Vous avez lu ce qu'ils promettaient aux Châlonnaises, aux Rémoises et aux Parisiennes ? C'était une invasion barbare, qu'il fallait briser. Et, pour cela, oui, en tuer, en tuer beaucoup. Vos *Sammies* se sont battus avec une bravoure, un allant exemplaires. Nous vous devons beaucoup, Finlay. Vous avez entendu Clemenceau ? Il a parlé du patrimoine commun de l'humanité que nous avons défendu ensemble à Saint-Mihiel, au bois Belleau. Il dit juste. Cette guerre est un combat pour le triomphe de la démocratie et de la liberté. Si j'avais eu un doute – et j'ai douté parfois, il m'est arrivé de penser qu'il s'agissait d'un suicide de notre civilisation dont chaque camp portait sa part de responsabilité, mais ça...

Il avait à nouveau tourné les yeux vers les tracts.

— C'est une ruée barbare, et pas pour la paix ! Aussi le jour de deuil de l'armée allemande – c'est ainsi que Ludendorff parle de nos succès du 8 août – peut et doit marquer la fondation d'un ordre nouveau. Je veux le croire, Finlay. Telle est la vision de Clemenceau.

Lévy avait dénoué ses mains, pris un feuillet, fait glisser ses lunettes sur le bout de son nez.

— Son discours du 5 septembre était réellement inspiré, avait-il ajouté. Écoutez : « Par la sublime vaillance de ceux qui donnent leur vie, par l'immolation des morts qui combattent avec les vivants, l'homme, en ces heures sacrées, franchit la plus grande étape qu'il ait encore parcourue sur la voie sanglante de la justice… »

En quittant le bureau du capitaine Lévy, Finlay avait eu la certitude que la victoire était acquise. Mais combien de morts encore pour y parvenir ?

Il avait songé aux *Sammies* du colonel Paterson, et il avait décidé de les rejoindre, expliquant à Lucie Mourier, qui s'était inquiétée de cette résolution, qu'il ne pouvait rester à l'écart.

Il était assis près d'elle sur le balcon de son appartement de la rue Laplace. Amaigrie, vite essoufflée, elle n'était pas encore entièrement rétablie, mais son corps n'était plus cette braise à la fois brûlante et humide dont John Christopher avait craint naguère le contact, alors qu'au contraire il éprouvait à présent le besoin de le serrer contre lui, de le protéger, de le caresser, et qu'il aimait qu'elle se laissât aller, frêle, encore passive, mais fraîche et parfois joyeuse, s'accrochant à son cou, murmurant ces mots convenus mais qui tintaient :

— Chris, je me sens revivre, je réussis à nouveau à respirer, je n'ai plus la bouche sèche ou gluante.

Je peux t'embrasser. La vie est à nouveau bonne et douce : de l'eau claire... Je suis heureuse, Chris !

En ces moments-là, plusieurs fois, Finlay avait repensé aux propos d'Anton Gratchev et il avait eu l'impression que son propre corps les proférait, qu'il chuchotait à Lucie : « Faisons un enfant, vite, un enfant pour remplacer tous ces morts : Henri Mourier, Juliette Dumas, les trois frères de Jeanne, tous ceux dont j'ai touché les cadavres, dont j'ai vu les ossements... Oui, faisons un enfant, Lucie, puisque nous sommes vivants et que c'est la seule manière de dire que nous croyons à la vie ! »

Mais il s'écartait aussitôt de Lucie comme s'il avait redouté qu'elle ne devine ce qu'il n'osait dire et qu'il portait cependant en lui.

— Ne te fais pas tuer, avait-elle supplié quand elle avait compris qu'il ne renoncerait pas, qu'il partirait pour l'Argonne où la division de Paterson était engagée.

Il devait participer à ces combats aux côtés des jeunes hommes venus de chez lui.

— Je ne veux pas que tu meures, Chris, avait-elle répété.

Elle avait secoué la tête presque mécaniquement, obstinément. Elle s'était accrochée à lui.

— Je ne veux pas, Chris, il ne faut pas. J'ai besoin de toi !

Il avait semblé à Finlay que c'était la première femme, depuis la mort de sa mère, à lui dire cela.

Il s'est enfoncé dans la glaise de l'Argonne. Il a reconnu le sifflement des obus, le bruit que font les feuilles et les branches quand les éclats d'acier les déchirent et les brisent.

À nouveau il a vu le sang jaillir des corps tailladés.

Il s'est souvenu des refrains du Texas et de la Louisiane que, sur la route droite, ces hommes égorgés ou éventrés avaient chantés.

Il a marché dans la forêt aux côtés d'un *sharpshooter,* un montagnard du Tennessee capable, d'une seule balle, de faire éclater la tête d'un servant de mitrailleuse à trois cents pas.

Il avait voulu n'être qu'un soldat parmi d'autres. Et les jeunes *Sammies* qui le côtoyaient l'appelaient « le Vieux », ou bien « le Fou », voire souvent « le Vieux Fou », puisqu'il était volontaire et qu'un homme sensé ne prend pas le risque de mourir quand il n'y est pas contraint.

Il l'était. Parce que tant de jeunes hommes étaient morts et qu'il ne pouvait parler d'eux sans partager une fois, quelques jours, ce qu'ils enduraient.

Il savait qu'il serait, malgré cela, l'un des privilégiés de ce temps, puisqu'il n'aurait pas pourri, comme des millions d'autres, des mois durant, enfouis dans la boue rougeâtre mêlée de chair, d'os et de sang.

Il n'aurait été qu'un « visiteur » pareil à ces hommes politiques qui faisaient à intervalles réguliers la tournée du front.

Accompagné du capitaine Lévy, Clemenceau était venu en Argonne, les jambes serrées dans ses bandes molletières, le casque enfoncé jusqu'aux sourcils, une canne noueuse brandie comme un glaive, les pans de sa capote noire maculés de boue. Il s'était arrêté devant Finlay, le visage plissé, sa moustache blanche semblant tirer tous ses traits vers le bas.

Lévy lui avait chuchoté quelques mots et le Tigre avait esquissé un sourire :

— Ah, l'écrivain au front ? Vous allez écrire quoi ? *Les Nôtres*, comme Henri Mourier, *Le Feu*, comme

Barbusse ? Il faudrait un style qui soit tranchant comme le bord d'un éclat d'obus. Et qui fasse renifler le gaz moutarde, la merde et l'odeur des corps qui se putréfient. Mais qui dirait en même temps l'héroïsme, le courage, et pourquoi nos grands soldats, ceux de notre Entente, les soldats de la civilisation, pour les appeler par leur vrai nom, sont en train de refouler, de bousculer victorieusement les hordes de la barbarie ! Voilà ce qu'il faut écrire, Finlay, et pas seulement chialer sur les morts et les blessés. Il y a l'héroïsme, la ténacité, le patriotisme. Ni Mourier ni Barbusse n'ont vraiment expliqué pourquoi on se fait tuer malgré tout.

Il avait pointé l'index sur la poitrine du journaliste.

— Et pourquoi vous, vous êtes là, en uniforme, un fusil à l'épaule, alors que vous pourriez continuer de dîner chaque soir au Dôme – c'est là-bas que vous avez vos habitudes, n'est-ce pas ?

Son visage s'était crispé.

— Ma police me dit ça : vos fréquentations… Enfin, je ne vous confonds pas avec la tourbe. Ceux-là, nous leur avons enfoncé la gueule dans leurs déjections !

Caillaux était toujours emprisonné à la Santé. Mais sa femme avait obtenu le droit de lui rendre visite. Et, chaque jour, un restaurateur lui apportait ses repas, car il avait été pris de vomissements et avait accusé les responsables de la prison d'avoir empoisonné la nourriture qui lui était servie par les gardiens.

Quant à Malvy, le Sénat réuni en Haute Cour l'avait condamné à cinq ans de bannissement. Malvy avait accepté sans réagir ce verdict dont les attendus avaient paru infamants à Finlay. On l'y accusait de forfaiture pour avoir « méconnu, violé et trahi les devoirs de sa charge de ministre de l'Intérieur ».

Clemenceau avait posé une main sur l'épaule du journaliste.

— Laissons ces lâches, Finlay. Vous faites partie d'un grand peuple. Les responsabilités de votre président, de vos dirigeants politiques, les vôtres, celles des écrivains et correspondants de presse vont se révéler immenses. Le monde est bouleversé par cette guerre. Voyez ce qui se passe en Russie. On me dit que vous avez des amitiés là-bas – John Christopher avait esquissé un geste de dénégation –, mais si, ne niez pas ! On peut être l'amie d'une femme, même si elle a des idées folles ou dangereuses. Je ne doute pas que vous soyez idéaliste et démocrate, et je suis comme vous, comme votre président Wilson. Mais il faut s'attendre à de grands changements dans la vie des peuples, Finlay...

Peu après, il avait regagné sa voiture, mais les chemins forestiers étaient encombrés par ces centaines de véhicules embourbés, et, durant plusieurs heures, Clemenceau avait dû attendre, toutes les voies conduisant à la route étant embouteillées. Il avait brandi sa canne, piétiné, mais les *Sammies* n'avaient prêté que peu d'attention à cet étrange personnage, noir et râblé, qui gesticulait, entouré d'officiers.

Finlay ne bouge pas.

Il ne recherche même plus l'abri du feuillage. La pluie tombe si dru, maintenant, que rien ne peut l'endiguer. Feuilles et branches sont ployées, soumises. Les gouttes ruissellent sur le casque, traversent le ciré.

Il aperçoit, marchant le long du chemin, une file de soldats allemands prisonniers. Paterson estime à plus de quinze mille ceux qui ont été capturés ou qui se sont rendus, comme ces trois cents hommes qui ont hissé le drapeau blanc après que le *sharpshooter* du Tennessee, Alvin C. York, eut abattu à lui seul les servants de trente-cinq mitrailleuses !

Finlay traverse le chemin forestier. La terre est gorgée d'eau. Il s'y enfonce jusqu'à mi-mollet ; il a l'impression qu'il ne pourra plus retirer son pied de cette glu.

Les prisonniers passent près de lui sans lever la tête. Certains, blessés, sont soutenus par leurs camarades.

Des Boches ? Des barbares ?

Faut-il, pour retrouver l'humanité des hommes, qu'ils souffrent et soient vaincus ?

De l'autre côté du chemin, des brancardiers portent des *Sammies* dont les visages sont recouverts d'un ciré. Blessés ou morts ?

Ceux-là aussi riaient il y a peu, sur la route droite, dans le soleil d'été, alors qu'il pleut depuis plusieurs jours sur l'Argonne.

Paterson s'approche de Finlay.

— En deux mois, soupire-t-il, nous sommes devenus très vieux. Sans âge.

12

John Christopher ne pouvait détacher les yeux de cette jeune femme aux cheveux roux, aux épaules et aux bras nus, dont la robe longue en tissu lamé or était si échancrée qu'on devinait les seins petits et fermes qu'aucun soutien-gorge n'emprisonnait.

Il l'avait reconnue dès qu'elle avait fait son entrée dans le grand salon de l'ambassade au bras d'Albert de Varin, mais il avait été si saisi qu'il n'avait pas retrouvé d'emblée son nom, se souvenant seulement qu'elle était russe et qu'elle avait fui Petrograd où elle avait croisé Rosa di Bellagio.

Il *devait* posséder cette femme. C'était un désir immédiat, de tout son corps. Une poussée de lave rouge et fulgurante. Il voulait ployer sous lui cette femme, la soumettre – ce qu'il n'avait jamais vraiment réussi avec Rosa qui lui avait toujours échappé.

Il avait eu peur de ce qu'il éprouvait. Il en avait aussi eu honte, tant ce désir était fort et précis, violent, tant il s'était senti prêt à toutes les perversions pour l'assouvir. Il avait eu l'impression qu'il n'avait rien éprouvé d'aussi brutal depuis son arrivée à Paris, il y avait maintenant six ans, quand il avait passé la nuit dans cette chambre du Rendez-Vous, avec Juliette Dumas.

Un instant, à ce souvenir, il s'était senti coupable, désemparé même. On avait fusillé Juliette et il était là, lui, si vivant qu'il ne pouvait penser qu'à déshabiller cette femme, à tenir son cul entre ses mains, à lui mordre les seins, à la pénétrer.

Il avait songé – cela n'avait fait qu'accroître son malaise – à Lucie Mourier qu'il venait de laisser dans l'appartement de la rue Laplace, penchée sur son chevalet, lui montrant les esquisses d'illustrations de son prochain livre, ces loups menaçant un troupeau de moutons affolés, réfugiés au sommet d'une montagne, cependant que des oiseaux aux ailes dorées s'approchaient déjà pour les saisir, les sauver à l'instant où ils se précipiteraient dans l'abîme.

Il avait embrassé Lucie sous les cheveux, dans le creux de la nuque, et elle s'était blottie contre lui.

— Après la réception, reviens, avait-elle murmuré.

Il ne lui avait rien promis, préférant le plus souvent passer la nuit seul, chez lui, plutôt qu'aux côtés de Lucie. Pour autant, il ne voulait pas rompre, et continuait même de penser qu'avec elle, peut-être, il pourrait un jour...

Mais tout cela – la tendresse, la douceur, l'idée d'avoir un enfant avec Lucie – était à présent emporté, noyé par ce qu'il avait ressenti à la seule vue de cette jeune femme rousse, élancée, dont le corps paraissait à chaque pas onduler au gré d'un mouvement à peine esquissé, lascif.

Sans qu'un muscle de leur visage bougeât, tous les regards de ces hommes empesés – diplomates, officiers, députés, ministres, journalistes – qui entouraient l'ambassadeur Caffery s'étaient tournés vers elle, et Caffery lui-même, planté au milieu du salon, avait eu un moment d'hésitation avant de reprendre son discours dont les mots défilaient sans surprise : Saint-Mihiel, Les Éparges, Washington, La Fayette, l'Argonne, les morts, les héros, le sang, la victoire, le sacrifice...

Finlay avait eu la tentation de traverser le cercle au centre duquel se tenait Caffery, d'écarter les invités du premier rang, toujours les mêmes – Maurice Flécheux, Barruel, Duchesnes... –, de bousculer Varin, de saisir cette jeune femme par la taille et de quitter l'ambassade avec elle.

Personne n'aurait tenté de les retenir, tant ces hommes étaient entravés par les conventions, les prudences, leur respectabilité.

On était barbare, mais dans les règles. Là-bas, en Argonne, on pouvait envoyer mourir de jeunes naïfs qui s'imaginaient qu'il fallait charger en chantant, comme on chasse un troupeau de bisons ou une tribu d'Indiens faméliques. Finlay avait vu, après coup, les corps sectionnés, parce qu'une rafale de mitrailleuse tranche comme une cisaille à hauteur des hanches, puis le corps plie comme celui d'un soldat en carton.

Mais, ici, les barbares étaient en costume et gants blancs. La sauvagerie se concentrait dans les regards chargés de mépris, de haine, de jalousie ou de désir, ou bien si pleins d'indifférence qu'ils n'étaient plus des regards d'hommes, mais un simple reflet minéral et fugace.

Cependant, debout à la droite de Preston Caffery, Finlay n'avait pas bougé, incapable de quitter des yeux la jeune femme rousse qui, dominant de la tête Albert de Varin et bien des hommes agglutinés autour d'elle, avait soutenu son regard avec une ride d'ironie et de défi qui traçait un mince sillon au coin de sa bouche.

Ose, ose donc, avait-elle semblé dire à Finlay.

Et, dès que Caffery avait cessé de parler, John Christopher s'était avancé.

— Vous connaissez Maïa Lobatchevsky ? avait dit Albert de Varin.

Il avait parlé fort, encore plus qu'à l'habitude, cambré dans sa vanité, les revers de sa veste d'uniforme s'écartant sur sa poitrine gonflée de suffisance.

Maïa Lobatchevsky avait-elle entendu Finlay répondre en balbutiant qu'on n'oubliait pas une femme comme elle, ou bien avait-il parlé si bas que, dans le brouhaha, elle avait simplement deviné ce qu'il essayait de dire ? La petite ride s'était creusée.

Ose, ose donc…

— Voici John Christopher Finlay, avait repris Varin. Écrivain, journaliste, mais aussi frère de banquier… grande famille influente… la folie d'un Irlandais et la distinction d'un Français. Vous voyez que je vous connais bien, Finlay, depuis que nous pataugeons dans le même marécage !

Il avait pris son bras sans lâcher pour autant celui de Maïa Lobatchevsky, et il paraissait, entre eux deux qui se regardaient, plus petit encore, se tenant pourtant sur la pointe des pieds et levant le menton, cou tendu, épaules rejetées en arrière.

— On dit que votre frère George Lewis Finlay est en route pour l'Europe. C'est donc que Wilson veut nous dicter les conditions de l'armistice. Parce que – Foch en est persuadé – les Boches n'ont plus grand-chose à nous opposer. Ils abandonnent tout, le Nord, les Flandres. Ils vont céder au centre. Leurs régiments ne comptent plus que quelques centaines d'hommes. Nous avons la maîtrise du ciel. Nous déployons des centaines de chars d'assaut. Nous les bousculons partout. En plus, les grèves, les émeutes les paralysent. Ils sont au bord du gouffre. L'Allemagne peut être une prochaine Russie…

Il avait lâché le bras de Finlay pour pouvoir ponctuer ses phrases de son poing fermé.

— Je ne crois pas que nous ayons intérêt à laisser la révolution se répandre. Dans un premier temps, nous sommes gagnants. L'Allemagne et son armée se décomposent, soit. Mais après ? Les risques de contagion sont certains. Voyez nos socialistes : ils sont aujourd'hui en majorité favorables aux bolcheviks, ils ne rêvent que de révolution... du moins en paroles. Mais enfin, je les ai entendus à la Chambre crier : « Vivent les soviets ! Les soviets partout ! » Demandez à notre chère Maïa ce que cela signifierait ! Mais nous n'en sommes pas là. Je fais confiance à Clemenceau, à Poincaré, ce ne sont pas des hommes à laisser l'anarchie et le bolchevisme s'installer. Clemenceau moins que personne. Il est même partisan d'une intervention militaire en Russie, d'un blocus destiné à étrangler les bolcheviks. Mais si Clemenceau et Poincaré, Briand et Deschanel recommencent à se chamailler, la guerre approchant de sa fin, et qu'ils renouent avec leurs petites querelles, tout est possible, y compris même la révolution ! Car vous qui revenez du front, Finlay, qui savez ce que cela signifie que de se battre pendant quatre années, vous imaginez facilement ce que penseront nos poilus de ces luttes dérisoires. Ils auront la tentation de balayer tous ces bavards, ces intrigants, ces boutiquiers de la politique.

Barruel, Duchesnes et Flécheux s'étaient joints à eux et devisaient, mais leurs regards déshabillaient Maïa Lobatchevsky qui, plus grande qu'eux, la tête droite, tournée vers Finlay, paraissait ne pas les voir, sans que ses yeux s'attardassent pour autant sur John Christopher. Elle regardait au-delà.

Finlay avait été contraint d'écouter Barruel et Flécheux commenter à voix basse, avec jubilation et avidité, la violence des heurts entre Poincaré et Clemenceau :

— Chacun d'eux prend ses marques, car leur affrontement commencera dès le lendemain de l'armistice, avait prédit Barruel.

— Elle a déjà commencé, mon cher, avait ricané Flécheux.

Il avait raconté comment Clemenceau avait fait part au président de la République de son souci de ménager les troupes qui, après ces semaines d'offensives et de succès, étaient fatiguées. « S'il arrive que l'Allemagne fasse des propositions, avait ajouté Clemenceau, je suis d'avis qu'il ne faudra pas les repousser purement et simplement. » Poincaré n'avait rien trouvé de mieux que d'écrire à Clemenceau qu'il n'accepterait pas qu'on « coupe les jarrets à nos troupes » !

— Une phrase pour les archives, pour les batailles électorales futures, pour agiter un jour cette lettre et dire : « Clemenceau a retenu nos divisions victorieuses ; ce n'est pas le Tigre que vous croyez, mais un toutou ! » Clemenceau – le capitaine Lévy et Mandel m'ont décrit la scène – a ressenti cette lettre comme une trahison, avait poursuivi Flécheux. De fait, c'en était une ! Il a pris sa plume et, d'un seul mouvement – il ne s'est même pas relu –, il a écrit à Poincaré : « Je n'admets pas qu'après trois ans de gouvernement personnel qui a si bien réussi vous vous permettiez de me conseiller de ne pas "couper les jarrets à nos troupes" ! Si vous ne retirez pas votre lettre, écrite pour l'Histoire que vous voulez vous faire, j'ai l'honneur de vous envoyer ma démission. »

— Cinglant ! avait commenté Varin.

— Correction méritée ! avait renchéri Flécheux. D'autant plus que jamais Clemenceau n'a été aussi inspiré. Il est au sommet de son art oratoire. Du souffle, des images qu'on n'oublie pas. Une vigueur étonnante, des envolées qui exaltent les députés et sénateurs, et vous savez combien nous sommes une tribu de sceptiques…

Il s'était tourné vers Finlay.

— Qu'en pense notre chroniqueur américain ?

Finlay avait assisté à plusieurs séances à la Chambre au cours de ces mois de septembre et octobre. L'atmosphère y avait changé. Comme d'ailleurs dans les rues de Paris, il y avait trouvé de l'allégresse, un frémissement d'impatience, une joie qui n'osait encore se déployer mais qu'il avait sentie en revenant du front d'Argonne.

Les commerçants décollaient de leurs vitrines les bandes de papier qui les avaient protégées des bombardements. Depuis l'offensive du général Mangin, la Grosse Bertha avait dû reculer et ne tirait plus sur Paris, qui était aussi hors d'atteinte des escadrilles de Gotha. Malgré la brume, le froid, la pluie de cet automne-là, les femmes en jupes de plus en plus courtes – parfois, on apercevait le bas du genou – s'asseyaient aux terrasses des cafés dès qu'une éclaircie ouvrait le ciel. Elles s'habillaient de clair. Elles étaient audacieuses, impudiques, n'hésitant pas à embrasser à pleine bouche, dans la rue, sur les quais des gares ou du métro, les hommes qui les accompagnaient. Elles défiaient d'un regard méprisant les vieilles qui marmonnaient ; elles ignoraient les veuves aux lèvres serrées, au teint jaune.

— Clemenceau est lyrique, avait commenté Finlay.

Il s'était souvenu de la péroraison d'un discours du président du Conseil :

« *Nos hommes ont donné leur sang en témoignage de l'acceptation du plus grand défi aux lois de l'homme civilisé... Allez donc, enfants de la Patrie, allez achever de libérer les peuples des dernières fureurs de la force immonde ! Allez à la victoire sans tache ! Toute la France, toute l'humanité pensante sont avec vous...* »

— Croyez-vous que Wilson le comprendra ?

— Clemenceau parle anglais, il a vécu quatre ans aux États-Unis, avait rappelé Finlay.

Ils avaient ri, puis s'étaient écartés, et John Christopher était resté en compagnie de Maïa Lobatchevsky et d'Albert de Varin accroché à elle comme un chien de garde.

— Ainsi, vous revenez du front ? avait repris Varin. Il y avait de l'ironie dans sa voix, et il s'était tourné vers la femme rousse, la tête levée vers elle, cherchant à attirer son attention.

— Finlay est une sorte de combattant amateur, avait-il souligné. De temps à autre, quand il y a une belle offensive, il fait un tour en première ligne, il se bat avec panache, mais, au bout de quelques jours, il rentre chez lui à Paris. Vous êtes le Buffalo Bill de cette guerre, mon cher ! C'était comment, cette offensive dans l'Argonne ? Et Foch, le maréchal Foch ? avait-il précisé en s'étonnant de l'absence de l'Américain à la remise de son bâton de maréchal par Poincaré et Clemenceau. Ce jour-là, ces deux-là paraissaient au mieux. Il est vrai que chacun cherche maintenant à avoir les généraux et les maréchaux dans sa manche ! On me dit que Clemenceau est exaspéré par Foch qui, dans les opérations en Orient, s'est rangé au point de vue anglais. Mais enfin, ce jour-là, à son quartier général, nos deux présidents ont fait bonne figure : sourires, félicitations... Foch était aux anges. Il nous a parlé de cet exploit, de ce caporal américain qui avait réduit à lui seul un nid de mitrailleuses. Incroyable ! Selon le nouveau maréchal, c'était la plus grande chose qu'un soldat allié eût jamais accomplie.

— Le caporal York, avait murmuré Finlay sans cesser de regarder Maïa Lobatchevsky. Paterson l'a nommé sergent, et le général Pershing lui a accordé la *Medal of Honor*.

— Et vous ? avait interrogé Maïa Lobatchevsky en fixant John Christopher, tout en effleurant d'un geste le chignon de ses cheveux roux, et, dans ce lent mouvement de son bras droit, l'échancrure de sa robe s'était soulevée et il avait entrevu un sein, la peau laiteuse parsemée de taches de rousseur.

Elle avait gardé cette pose quelques secondes, défiant des yeux Finlay : *Ose, ose donc !*

— Mais regardez, ma chère, avait repris Albert de Varin. Notre ami a été décoré de la Croix de guerre, mais oui ! Il s'est battu, si je ne me trompe, au Chemin des Dames.

Varin avait à nouveau saisi le bras de l'Américain.

— Un lieu au nom prédestiné... Finlay emprunte souvent... le chemin des dames, n'est-ce pas ?

Finlay s'était dégagé d'un geste sec.

Il avait eu tout à coup l'impression que Varin, comme eux tous, dans ce salon, eux, les notables, et lui, Finlay, le « soldat amateur » – l'autre avait visé juste –, piétinaient les cadavres des millions de soldats tombés. Ils perpétraient un sacrilège. Ils dévoilaient que tous ces grands mots, ces nobles sentiments déversés du haut des tribunes, dans leurs articles – « Avec la victoire, l'espérance, la plus grande espérance ouvre ses ailes ; cette espérance pour laquelle le meilleur du sang français a été versé... doit faire que la libération de la France soit la libération de toute l'humanité... », avait écrit Varin dans *L'Écho de Paris*, reprenant presque mot pour mot un discours de Clemenceau –, n'étaient que des outres sonnant creux, des roulements de tambour de guerre, de simples paravents.

Finlay avait incliné la tête, puis s'était éloigné. Mais, tout en parlant avec Preston Caffery qui lui chuchotait qu'il avait, ordre du président Wilson, une mission à lui confier, il n'en avait pas moins continué à regarder Maïa Lobatchevsky.

Ose, ose donc, avait-il encore lu dans les yeux et le sourire de cette jeune femme rousse aux bras et aux épaules nus.

13

Finlay lève la tête pour ne plus voir Karl Ziegler assis en face de lui.

Mais, dès qu'il laisse ainsi errer son regard d'une rive à l'autre du lac de Genève, ou se perdre dans les nuages bas qui s'effilochent le long des pentes des monts du Jura, Ziegler cesse de parler. Il tousse, renifle.

John Christopher baisse alors les yeux, se heurte ainsi à nouveau au visage mutilé de Ziegler, plus martelé, plus écrasé encore qu'il n'en avait gardé le souvenir. C'est un demi-visage borgne dont toute la partie gauche est comme morte.

Avec sa main estropiée, Ziegler porte son cigare à ses lèvres, aspire longuement, puis la fumée s'élève, masque un instant la peau trop tendue, la bouche qui n'est qu'un bourrelet de chair à vif, fendue.

— Je suis comme l'Allemagne, marmonne-t-il.

Quand il parle, un mince filet de bave coule au coin de sa bouche.

— Les Français, les Anglais nous traitent de nouveaux Huns, de barbares. Mais ils ne veulent pas nous regarder. Vous non plus, Finlay.

Il tourne la tête vers le lac.

— Les montagnes, les paysages sont plus rassurants, même quand il pleut comme aujourd'hui, n'est-ce pas ? S'ils nous voyaient, nous serions leur miroir. Ils découvriraient ce qu'ils sont.

Il pointe l'un de ses deux doigts rescapés vers l'Américain.

— Les barbares, ce sont eux! ajoute-t-il en laissant tomber sa main droite à plat sur la table, si lourdement que les assiettes, les verres, les couverts tressautent.

Finlay recule sa chaise. Depuis qu'ils se sont attablés, Ziegler a déjà plusieurs fois exprimé sa colère, serrant le poing, frappant le rebord de la table ou bien repoussant son assiette. Il a ricané, s'indignant des propos de Clemenceau ou de Deschanel :

— Président du Conseil, président de la Chambre, ils n'ont pas la mesure du ridicule quand l'un nous dit : « Il faut que la libération de la France soit la libération de toute l'humanité », et que l'autre clame : « Et vous, enfin, morts sacrés, levez-vous, voici l'aube! Votre sang a rajeuni la terre, par vous la justice se lève! » L'humanité, le droit, la civilisation, la justice! Comment pouvez-vous écouter cela, Finlay, sans vous indigner? Nous sommes les fils des empereurs du Saint-Empire romain germanique, de Frédéric le Grand et de Wagner, et qui ces messieurs ont-ils armés pour nous mutiler, nous tuer? Des Sénégalais, des Annamites, des Arabes! Ils ont introduit les tribus barbares au cœur de l'Europe, et ils osent invoquer la Civilisation, le triomphe du droit!....

— Vous avez massacré des civils, constate Finlay. Dans les villes libérées du nord de la France et de la Belgique, rappelle-t-il, à Lille, à Cambrai, à Roubaix, à Lens, à Armentières, à Tourcoing, à Ostende et à Bruges, dans toutes les villes et tous les villages, les Allemands, en se retirant, ont assassiné, détruit. Ils ont bombardé les églises à Paris comme à Reims.

— Femmes, enfants, vieillards, énumère-t-il, vous n'avez épargné personne!

— Et l'exécution de Juliette Dumas que vous avez connue tout comme moi, croyez-vous que ce soit un acte de justice?

Ziegler martèle la table.

— Un assassinat légal comme les Français aiment à les perpétrer ! Au terme d'un jugement inique, ils tuent, mais ils se présentent en apôtres du droit, de la civilisation, de l'humanité ! Demandez donc ce qu'ils en pensaient à Louis XVI, au duc d'Enghien et, pour finir, à cette malheureuse Juliette...

Il reste silencieux, considère le bout de son cigare.

— Mais tout cela est du passé, murmure-t-il. Et nous n'avons pas fait ce voyage pour confronter nos vues sur les mensonges de l'histoire de France. Il s'agit de savoir comment nous allons finir cette guerre, et c'est donc de l'avenir de l'Europe et du monde que nous devons parler, même si vous et moi ne sommes que de bien modestes intermédiaires. Que voulez-vous savoir, qu'avez-vous à me dire, Finlay ?

John Christopher entrecroise ses doigts, les serre comme pour éprouver physiquement le malaise qu'il ressent à se trouver là, dans ce restaurant du bord du lac de Genève, chargé d'une « mission d'exploration » – ce sont les termes qu'a employés Preston Caffery, et l'ambassadeur a ajouté : « Votre frère et le président y attachent la plus haute importance ! »

C'était à la fin de la réception donnée à l'ambassade en l'honneur des unités américaines qui avaient participé aux offensives victorieuses dans la forêt de l'Argonne, entre la Suippe et la Meuse, ou dans le secteur des Éparges et de Saint-Mihiel.

Finlay avait écouté distraitement Caffery et répondu vite par un « Pourquoi pas ? », préoccupé qu'il était de suivre des yeux Maïa Lobatchevsky qui sortait du salon en compagnie d'Albert de Varin.

Sur le seuil, elle s'était retournée.

Ose, ose donc !

Il avait quitté l'ambassadeur sans plus prêter attention à ses propos, et cependant Caffery l'avait suivi, répétant que le président et George Lewis Finlay comptaient sur lui. Les Allemands avaient déjà donné leur accord pour une rencontre à Genève avec l'un des conseillers du général Ludendorff et du grand état-major, un dénommé Karl Ziegler.

— Vous le connaissez, n'est-ce pas ? avait interrogé le diplomate.

Finlay avait répondu :

— Bien sûr, il était correspondant à Paris.

Mais ç'avait été pour lui une manière commode de se débarrasser de Caffery afin de pouvoir rejoindre Maïa Lobatchevsky dont la robe en lamé or moulait les hanches et les cuisses. À chaque pas qu'elle faisait pour descendre l'escalier, il avait eu l'impression qu'elle l'invitait à la suivre.

Il s'était retrouvé près d'elle alors que Varin demandait qu'on fasse avancer sa voiture. Elle s'était tournée vers lui ; la petite ride au coin de sa bouche s'était faite plus mutine encore.

Ose, ose donc !

— Ce soir, avait-il murmuré.

Ce n'était pas une question.

Maïa avait à peine desserré les lèvres, mais elle avait répondu :

— Demain. Je veux dire tout à l'heure : deux heures du matin, 7, avenue Montaigne, troisième étage.

Varin avait paru surpris de le voir aux côtés de Maïa.

— Vous êtes là, Finlay ?

Il avait saisi le bras de la jeune femme, l'avait entraînée vers sa voiture et l'Américain avait eu la tentation de se précipiter, de le bousculer, de retenir Maïa Lobatchevsky, mais, à cet instant, elle avait dit :

— Nous pourrions reconduire monsieur ?

L'hésitation, le désarroi de Varin l'avaient comblé.

Il avait décliné la proposition et s'était éloigné, traversant la place de la Concorde à grands pas, s'arrêtant devant la statue voilée de la ville de Strasbourg. La guerre était si loin, ce soir, effacée par l'impatience du désir.

Il n'avait qu'un peu plus de trois heures à attendre.

Il était revenu sur ses pas et était entré dans l'un des bars de la rue Royale rempli d'officiers dont certains avaient participé à la réception à l'ambassade. Il avait refusé de s'asseoir à la table de Paterson et s'était installé sur l'un des tabourets du bar, posant sa main sur la cuisse d'une des femmes qui avait pris place aussitôt à ses côtés, lui offrant à boire et sentant derechef le désir monter en lui.

Une boule de chaleur dans la gorge, il avait imaginé qu'il allait inviter cette fille à le suivre jusque chez Maïa Lobatchevsky. Elle n'était sûrement pas femme à s'étonner, à se scandaliser, mais, au contraire, elle aurait été troublée, séduite, attirée par cette présence inattendue qui révélait ce qu'il attendait d'elle : un plaisir sans entraves ni contraintes.

Ose, ose donc !!!

Il n'avait pas osé. Plus tard, peut-être.

Il s'était présenté à deux heures et Maïa lui avait ouvert. Les bretelles de sa robe tombaient sur ses bras nus.

Ils étaient restés quelques secondes face à face sur le seuil de l'appartement.

Le rouge de ses lèvres était effacé. Il était sûr qu'elle venait de coucher avec Varin. Elle sentait la sueur d'homme.

Il l'avait enlacée, la serrant contre lui, glissant ses doigts entre ses fesses, enfonçant sa langue dans sa bouche collée à la sienne.

Il avait eu envie de rugir de rage comme pour se reprocher d'être resté si longtemps sans connaître pareil emportement, cette violence du désir, si intense qu'il lui vidait la tête, ne laissant en lui que le besoin de la mordre, de l'embrasser, de la pétrir, de la pénétrer.

Sa peau blanche parsemée de taches de rousseur était lisse et fraîche. Mais son corps était nerveux, musclé. Ses cuisses avaient enfermé les jambes, puis la poitrine, enfin le cou et la tête de Finlay dans un cercle de feu. Il avait eu l'impression que le plaisir suffocant qu'il ressentait atteignait un paroxysme qu'il n'avait peut-être – mais qui se souvient vraiment ? – jamais connu.

Tel était l'envers d'une guerre qu'il avait appelée aussi, dans une de ses chroniques, un *cercle de feu*.

Après, sans qu'ils eussent encore échangé plus que quelques mots, Maïa lui avait servi un verre de vodka et elle avait bu une longue rasade à même le goulot. Puis elle s'était couchée et, comme il hésitait à s'éloigner, elle avait dit qu'Albert de Varin était matinal et qu'il passait chaque jour – puis elle avait tiré les draps et s'était couvert le visage.

La jeter hors du lit. La secouer. L'insulter ! La battre !

Cette garce était pire que n'importe laquelle des filles du Rendez-Vous. Elle n'avait pas été dressée aux usages par Mme Clarisse.

Mais peut-être était-ce cela qui l'avait attiré ?

Il était rentré chez lui et avait eu d'abord l'impression d'être apaisé. Il avait parlé longuement avec Jeanne qui hésitait encore à accepter les propositions de mariage de Léon Dumas.

— Ce serait trop beau, disait-elle. C'était Mlle Juliette qui le voulait ; moi, je le sais, elle me le disait, c'était son cousin, mais elle s'en moquait. Elle me racontait souvent que les princes et les rois épousent bien leurs parentes, et même leurs sœurs ; alors, pourquoi elle n'aurait pas eu le droit de se marier avec Léon ? Mais moi, je n'étais que sa servante et je ne veux pas profiter de sa mort.

Finlay l'avait rassurée : elle aussi avait le droit de connaître enfin un peu de bonheur, non ?

Il savait qu'il trouvait là les mots justes. Il avait l'impression que jamais il n'avait aussi bien senti et compris ce qu'étaient les êtres et la vie.

Il avait accueilli Lucie Mourier avec tendresse, l'entourant d'attentions, s'étonnant de ne pas se sentir coupable, comme si les heures qu'il avait passées avec Maïa Lobatchevsky et ce déchaînement furieux de son désir appartenaient à un autre monde, souterrain, profond et obscur, auquel Lucie Mourier n'accéderait jamais et qu'elle n'avait pas à connaître, dont elle ne devait pas souffrir. Il avait déjeuné avec elle et l'avait sentie heureuse, rassurée, pleine de gratitude et d'espoir.

Elle s'était attardée sur le palier, se suspendant à son cou, murmurant que, grâce à lui, elle avait l'impression qu'elle sortait du gouffre où la mort de François, au début de la guerre, puis celle de son frère Henri l'avaient enfouie.

— Tiens-moi toujours la main, avait-elle dit. Ne me lâche pas, sinon je retombe.

Il le lui avait promis.

Puis il avait commencé à rédiger cette chronique qu'il entendait consacrer aux offensives alliées de septembre et d'octobre.

Il avait feuilleté ses notes, couché sur le papier quelques phrases évoquant ces dizaines de milliers de soldats allemands qui se rendaient, les centaines de canons qu'ils abandonnaient. Partout le front bougeait. Les Alliés avançaient, découvrant les villages incendiés, les rails arrachés, les ponts détruits et même les arbres abattus. La guerre s'était déroulée sur le sol français ; jamais le territoire allemand n'avait été envahi.

Il avait retrouvé un article de Barruel qui refusait par avance tout armistice qui eût empêché les troupes françaises de pénétrer en Allemagne :

« *Les Boches doivent payer et savoir ce qu'est une occupation. Il ne faut pas qu'ils rentrent chez eux comme des barbares qui, après avoir saccagé les terres des peuples civilisés, se retirent loin du* limes, *se cachent dans les forêts de Germanie afin d'y préparer une nouvelle invasion. Il faut briser l'Allemagne des Huns qui menace et ravage l'Europe depuis des siècles !* »

Finlay avait refermé son dossier.

Il avait songé à Isabelle Saynac qu'il ne voyait plus et qui, lui avait-on dit, se répandait en propos amers que Barruel écoutait avec ravissement.

Finlay, à l'entendre, était un égoïste incapable de satisfaire les femmes, un hypocrite qui se servait d'elles, sans doute un espion au service des Allemands ou des bolcheviks. Il n'avait pas hésité à sacrifier Juliette Dumas, cette pauvre fille.

Isabelle Saynac racontait pis encore, avait assuré Gratchev qui avait dîné avec elle et Barruel.

— Vous ne vous méfiez pas assez des femmes, Finlay. Nous autres Russes, depuis Catherine II, nous savons de quoi elles sont capables !

Gratchev avait ajouté qu'Isabelle lui vouait désormais une haine mortelle :

— Les femmes tuent, Finlay, souvenez-vous de Mme Caillaux ! Chez nous, en ce moment, ce sont des tigresses. Une jeune femme, Dora Kaplan, a blessé Lénine. C'est Rosa di Bellagio qui, dit-on, l'a arrêtée, et c'est l'amant de Rosa, Peschkov, qui a abattu Dora Kaplan d'une balle dans la nuque. Rosa aurait assisté à l'exécution dans un garage, avec un moteur de voiture qui tournait pour étouffer la détonation. Voilà les femmes, Finlay !

Il n'avait plus pu écrire, désespéré, tout à coup, convaincu qu'il était incapable de se faire aimer d'une femme et de la posséder vraiment. De Juliette Dumas à Isabelle Saynac, de Rosa di Bellagio à Maïa Lobatchevsky, sans compter toutes les autres dont il avait oublié les visages ou les noms, chacune d'elles s'était dérobée. Lucie Mourier seule paraissait être attachée à lui. Mais lui, tenait-il vraiment à elle ?

Il était sorti pour échapper à ce vide qui se creusait en lui. Il avait cherché Gratchev chez Igor, au Dôme. Il l'avait enfin trouvé, le visage luisant, rougeaud, dans un bar de la rue Delambre. Il s'était penché sur lui.

— Maïa Lobatchevsky..., avait-il marmonné. Elle vient de Petrograd, elle était la maîtresse de l'ambassadeur de France. Elle est devenue celle de Varin...

Gratchev avait secoué la tête, d'un bras lui avait enveloppé les épaules

— Vous récidivez, Finlay ! C'est une autre Rosa di Bellagio, mais en pire, plus jeune, plus belle. Un alcool beaucoup plus puissant. Bonne et grande famille : les princes Lobatchevsky, apparentés aux Romanov. Les bolcheviks les ont arrêtés. On pensait qu'ils allaient être tous fusillés, comme la famille impériale, et puis ils les ont libérés, et Maïa Lobatchevsky a pu quitter Petrograd. Vous devinez le marché ? Leurs vies contre quelques services. Le troc en Russie soviétique est devenu la base de l'économie et des relations humaines.

Il avait serré les épaules de Finlay.

— Qui peut reprocher à Maïa Lobatchevsky d'avoir voulu sauver les siens ? Personne n'est obligé de succomber à sa séduction ni de lui livrer des secrets. Il est vrai que je bois, mais je n'ai jamais fumé d'opium. Vous, Finlay, je crains...

John Christopher l'avait quitté sans répondre. Il devait revoir Maïa, et peu lui importait ce qu'elle était !

Un homme jeune lui avait ouvert la porte, lui expliquant que Maïa Lobatchevsky était partie pour San Remo en compagnie d'Albert de Varin. Il parlait d'un ton ironique, la tête un peu penchée, le bras tendu, la main appuyée au cadre de la porte, interdisant ainsi à Finlay de pénétrer dans l'appartement.

— Il s'agit de je ne sais quelle conférence entre Italiens et Français, avait-il poursuivi. J'imagine qu'ils préparent ce qu'ils appellent l'armistice, la paix. On dit que les Italiens ont remporté une victoire décisive ; des milliers d'Autrichiens se sont rendus. Les Italiens veulent marcher sur Vienne, être les premiers à obtenir une capitulation. Vous y croyez, vous, à leur paix ?

Le journaliste avait hésité, tenté de le repousser, de faire irruption dans l'appartement, mais, à cet instant, le jeune homme s'était écarté, montrant le hall désert, disant qu'il avait lu les chroniques de Finlay et que lui-même écrivait. Il avait ajouté qu'il se nommait Pierre Huart.

John Christopher l'avait dévisagé, cherchant à capter son regard derrière les verres ronds des petites lunettes. Mais le jeune homme avait tourné la tête, puis, d'un geste vif, repoussé ses cheveux noirs mi-longs.

Finlay avait haussé les épaules et grimacé comme si cette désinvolture juvénile l'exaspérait.

— Nous partageons en somme les mêmes passions, avait repris le jeune homme. Écrire et...

Il avait souri.

Finlay lui avait tourné le dos et avait dévalé l'escalier.

— Vous êtes vaincus, lance Finlay à Karl Ziegler. Il faut partir de là ; tel est le point de vue du président Wilson et naturellement des Français, des Anglais, des Italiens. Vous êtes vaincus et le talon du maréchal Foch écrase votre gorge. Il vous étouffera quand il voudra.

L'Américain observe Ziegler dont même la partie mutilée du visage s'est empourprée. Il a porté sa main tranchée à son cou comme pour desserrer un nœud qui le serre.

— Vaincus ? murmure-t-il. Aucun soldat français, aucun Sénégalais, aucun Anglais n'a franchi le Rhin. Pour l'instant, les seuls vainqueurs sont les bolcheviks, les anarchistes, les révolutionnaires, tous ceux qui veulent le chaos...

— Vous les avez financés ! s'insurge Finlay. J'ai bien connu le baron Parvus, leur et *votre* banquier. Vous leur avez offert un train pour traverser l'Allemagne, gagner la Russie, vous les avez aidés à prendre le pouvoir. Aujourd'hui, ce boomerang revient vous frapper en plein visage...

Il baisse la tête, gêné d'avoir employé ce terme-là.

— Visage ? Vous avez le mot juste, Finlay ! Mais c'est un éclat d'obus français qui m'a défiguré, pas l'acier bolchevique. Et c'est cet acier-là, si vous laissez faire les Français, qui nous décapitera tous – nous d'abord, puis tous les autres. Voilà ce que nous pensons. Dites-le à Wilson. C'est pour cela que les exigences de Foch sont folles. Il veut que nous quittions les territoires occupés, soit. Que nous livrions cinq mille locomotives, cent cinquante mille wagons, nos sous-marins et toute notre flotte de commerce aux Anglais. Il veut que nous évacuions la rive gauche du Rhin et que les Alliés y pénètrent sans combat, donc comme des vainqueurs. Mais ils n'ont vaincu personne ! Et comment voulez-vous que le peuple allemand, que nos soldats acceptent cela ? Et il faudrait que nous abandonnions à ces prétendus vainqueurs cinq mille canons, trois mille *Minenwerfer*, trente mille mitrailleuses !

Il prend appui de la main droite sur la table, se soulève un peu.

— Et comment voulez-vous, si nous n'avons plus de mitrailleuses, que nous maintenions l'ordre, que nous brisions les bolcheviks, les anarchistes, toute cette lie de la population qui va sortir des bas-fonds, se répandre, saccager, diffuser son discours de haine et d'envie ? Croyez-vous que les frontières l'arrêteront ? Les bolcheviks veulent la révolution mondiale. Ils ont déjà commencé à perpétrer leurs actions en Allemagne. Bientôt, ce sera le tour de l'Italie, de la France, puis le vôtre, plus tard, car les passions, Finlay, et d'abord celle de détruire, traversent aussi les océans. Vous vous en rendrez compte ! Faites-le comprendre à votre frère, et que celui-ci convainque le président Wilson. Il faut retenir ces Français, tirer sur les rênes. Dans leur folie, leur vanité, ils vont ouvrir la porte à tous les démons. Ils ont déjà fait entrer les nègres en Europe !

Finlay regarde à nouveau le lac Léman que la pluie semble lier au ciel. Les monts du Jura ont disparu dans un amoncellement de nuages.

— Vous avez voulu la guerre et la conclure par une décision militaire, réplique-t-il. Et vous êtes vaincus, Ziegler. Foch peut vous étrangler. C'est la loi de la guerre, non ? Vous avez joué, vous avez perdu. En quelques semaines, on a dénombré près de trois cent mille prisonniers et plus de quatre mille canons abandonnés. Pourquoi voulez-vous que Foch, Clemenceau ou Llyod George vous ménagent ? Et nous ? Vous avez torpillé nos navires alors que nous étions neutres...

Finlay s'interrompt. Il n'est pas venu pour prononcer un réquisitoire ni une plaidoirie. Il doit seulement transmettre à Ziegler la décision de Wilson d'appuyer les conditions énoncées par Foch pour accepter un armistice.

— Le gouvernement des États-Unis, reprend-il, n'acceptera aucun engagement qui n'offrirait pas de garanties absolument satisfaisantes du maintien de l'actuelle supériorité des armées américaines et alliées sur le champ de bataille.

— Foch et Clemenceau vous font marcher au pas ! grogne Ziegler. Vous avez toutes les cartes pour devenir les maîtres du jeu et vous laissez les autres le conduire. Ce sera catastrophique, Finlay !

— Vous êtes vaincus, répète John Christopher. Vous avez choisi la guerre, il faut en payer le prix.

— Laissez-nous au moins les mitrailleuses, soupire Ziegler en se levant. Comment voulez-vous que nous maintenions l'ordre sans mitrailleuses ? Il nous en faut au moins cinq mille. Vous ne connaissez pas nos bolcheviks. Ils sont allemands, donc ils savent se battre.

Finlay se lève.

La saignée de la guerre ne suffira donc pas ?

— Je transmettrai, répond-il.

Il regarde la pluie continuer à tomber dru sur le lac.

14

CHRONIQUES DE L'EUROPE EN GUERRE
par
John Christopher Finlay
correspondant permanent en Europe du *Washington Times*

Paris, 12 novembre 1918

Lundi 11 novembre 1918 à onze heures du matin, à Paris, j'ai vu finir la guerre.

Je traversais le pont de la Concorde. La foule était dense et bruyante, tendue. Depuis quelques jours, la succession des événements laissait espérer la signature prochaine d'un armistice.

Déjà, le 4 novembre, sur le front italien, les Autrichiens avaient cessé le combat. On avait appris le samedi 9 l'abdication du Kaiser et la démission du chancelier allemand Max de Bade.

On disait que des plénipotentiaires avaient été reçus par le maréchal Foch dès le 7, dans la forêt de Compiègne, à Rethondes, à bord d'un train spécial.

Le 6 novembre dans l'après-midi, j'avais assisté à la séance de la Chambre au cours de laquelle Clemenceau avait, sous les acclamations, rappelé qu'il était entré dans la vie politique en 1871 :

« Je suis le dernier survivant de ceux qui avaient signé une protestation contre le démembrement de l'Alsace-Lorraine, mais, bientôt, l'humiliation, la souffrance, la défaite, la honte subies il y a quarante-sept ans, tout cela sera effacé ! »

L'émotion était intense. Joyeuse, aussi.
Le Tigre avait rendu hommage aux Alliés :

« Il faut que l'alliance dans la guerre soit suivie de l'indéfectible alliance dans la paix ! »

Puis il avait lancé un appel à l'unité nationale :

« N'abandonnons pas nos querelles d'idées, mais ne les poursuivons pas si le sort de la France peut en souffrir... Soyons frères ! Et si on nous demande d'où nous vient cette pensée, répondons par ces seuls mots : "La France le veut, la France le veut !" »

Les députés avaient décrété que Clemenceau et le maréchal Foch avaient « bien mérité de la Patrie ». Le Père la Victoire avait conclu :

« Et maintenant il faut gagner la paix. C'est peut-être plus difficile que de gagner la guerre. Il faut que la France se ramasse sur elle-même, qu'elle soit forte et disciplinée... »

On attendait donc l'armistice.
Il semblait que les plénipotentiaires allemands, dans le train arrêté en forêt de Compiègne sur la voie de

garage de Rethondes, au cœur d'une clairière, eussent discuté point par point les conditions de Foch, essayant même de ne pas dire qu'ils demandaient l'armistice. Le maréchal, en préalable à tout pourparler, avait alors exigé qu'ils le *demandent*. Le secrétaire d'État allemand Erzberger s'y était finalement résigné.

Puis l'un des plénipotentiaires allemands, le conseiller du général Ludendorff, Karl Ziegler, était intervenu pour souhaiter l'arrêt immédiat des hostilités, avant même la signature de l'armistice. Il avait fait part de l'indiscipline qui sévissait dans l'armée allemande, de la rébellion de certaines unités, des troubles révolutionnaires qui avaient éclaté à Berlin, des préparatifs d'action des groupes bolcheviques, de leur influence dans toute l'Europe centrale, en Pologne, en Slovaquie, en Hongrie. Si le feu se répandait, avait-il déclaré, il toucherait aussi l'Europe occidentale, y compris la France. L'intérêt des Alliés était donc de favoriser la reprise en main de la situation par la hiérarchie militaire allemande. De même ne fallait-il pas désarmer les troupes allemandes si l'on voulait qu'elles pussent rétablir l'ordre dans les villes d'outre-Rhin, y écraser les menées des spartakistes, ces bolcheviks allemands.

Le camp des vaincus demandait donc que l'on n'exigeât pas d'eux la livraison de trente mille mitrailleuses, mesure qui les laisserait démunis face aux révolutionnaires.

On n'ignorait rien de tout cela à Paris.

Tôt le matin, ce lundi 11 novembre, j'avais même appris par l'entourage de Clemenceau que l'armistice avait été signé à cinq heures et qu'il entrerait en application sur l'ensemble du front six heures plus tard.

Je m'étais donc dirigé vers cette place de la Concorde que, cinquante-deux mois plus tôt, en août 1914, j'avais vu parcourue par des cortèges qui, drapeaux tricolores déployés, criaient : « À Berlin ! À Berlin ! »

C'était le temps où les journaux titraient que les cosaques n'étaient plus qu'à cinq étapes de la capitale allemande, et où ils annonçaient une offensive victorieuse en Alsace. La guerre, à les en croire, ne serait qu'une charge héroïque de quelques mois. À l'automne, la partie serait terminée et gagnée.

Puis il y avait eu ces quatre années, ces millions de morts et de blessés, cette boucherie, le triomphe de l'insatiable Moloch qui dévorait chaque jour des dizaines de milliers de jeunes corps. C'est cela qui, ce lundi 11 novembre 1918, allait peut-être cesser.

La brume automnale s'était levée et le soleil encore voilé commençait d'éclairer d'une douce lumière les pierres et le fleuve. Des camions chargés de *Sammies* passaient à vive allure, et nos soldats saluaient la foule qui leur répondait sans crier, avec une retenue où je sentais percer l'angoisse.

Tout à coup, un premier coup de canon.

Chacun autour de moi s'est immobilisé, la tête levée. Les visages étaient tendus et il m'a semblé qu'à cet instant le silence creusait un immense vide au-dessus de la ville.

Puis les cloches à toute volée se répondant d'une église à l'autre, roulant entre les berges de la Seine, et la canonnade mêlant ses sourdes détonations à la gaieté métallique des carillons.

C'était comme si, tout à coup, le sortilège qui avait figé chacun et toutes choses s'était rompu.

On s'est mis à sauter, à danser, à courir, à se jeter dans les bras de son voisin, et la ville, la place, le pont se sont remplis de cris et de chants.

En quelques instants, les fenêtres donnant sur la place et celles de la rue Royale ont arboré des drapeaux tricolores. Les soldats – ils étaient de toutes les nationalités : *Tommies*, *Sammies*, *bersaglieri*, Sénégalais, Écossais, hindous, Australiens, Néo-Zélandais, Arabes… – étaient portés en triomphe.

On se dirigeait vers les Champs-Élysées, grand fleuve tumultueux.

La statue de Strasbourg, au coin de la place de la Concorde, disparaissait sous une grappe humaine, et le voile de crêpe noir qui l'avait si longtemps recouverte n'était plus que lambeaux.

J'ai marché dans les rues bleu-blanc-rouge.

Des camelots vendaient des cocardes tricolores, les drapeaux flottaient à toutes les fenêtres.

On chantait. On dansait. On s'embrassait.

La foule était si compacte, sur les Champs-Élysées, place de la République, sur les Grands Boulevards, place de l'Opéra, qu'on restait parfois de longs moments corps contre corps, soulevé par de soudaines poussées qui déclenchaient les rires et les chants.

Ah, il fallait pas, il fallait pas qu'ils y aillent
Ah, il fallait pas y aller !

On s'acclamait. On reprenait le refrain de *Tipperary*, *La Madelon*, *La Brabançonne*, *La Marseillaise*.

Tous les véhicules – taxis, fiacres, tramways, camions, voitures, nos Ford hautes sur roues – étaient pris d'assaut, ressemblaient à des récifs que la mer assaille et recouvre.

Là, se dirigeant vers la Chambre des députés, la voiture de Clemenceau était immobilisée malgré les gendarmes, les gardes républicains qui tentaient de lui ouvrir le passage.

On n'entendait plus qu'un seul cri qui semblait enflammer toute la ville : « Vive Clemenceau ! Vive Clemenceau ! »

Puis, la voiture réussissant enfin à avancer, les chants reprenaient.

Sur les Champs-Élysées, j'ai vu un énorme canon allemand tiré, poussé par la foule. Une belle jeune femme aux cheveux dénoués, dépoitraillée, était assise à califourchon sur la gueule pointée vers le ciel et chantait à tue-tête, en gesticulant, *La Marseillaise*.

C'était une sorte de délire de fraternité exaltée. Devant Maxim's ou le Weber, les restaurants de la rue Royale, on se passait des bouteilles de champagne afin de boire une rasade au goulot.

On courait jusqu'au Théâtre-Français. On réussissait à entrer. C'était la fin de la journée. Tous les lustres étaient allumés, répandant leur lumière chaude sur les marbres, les bois dorés. Une actrice était montée sur une table. J'ai reconnu la comédienne Isabelle Saynac, épaules nues, buste drapé dans un drapeau tricolore ; elle récitait un poème dont l'auteur lui passait au fur et à mesure les feuillets qu'il achevait d'écrire :

Enfin nous te baisons, Victoire, sur la bouche...
Ce soir, la France est comme un lit sur une cime
Où tu te livres, nue, à nos baisers ardents...

Il y avait eu un frémissement.

Les bouches se rencontraient, les corps se serraient.

Toutes les fenêtres du Rendez-Vous, ses portes d'habitude toujours closes étaient grandes ouvertes, et les silhouettes des filles passaient et repassaient. Souvent, les « pensionnaires » se penchaient, saluaient la foule qui les applaudissait et entonnait *La Madelon* ou des chansons plus corsées.

Sous tous les porches, des couples s'enlaçaient.

En arrivant à la Chambre vers le milieu de l'après-midi, poussé par la foule qui l'acclamait et voulait le toucher, Clemenceau avait murmuré à un député qui lui donnait l'accolade :

— Depuis ce matin, j'ai été embrassé par au moins cinq cents jeunes filles !

Je n'étais qu'à quelques pas de lui.

Je ne l'ai jamais trouvé aussi vieux, comme écrasé, brisé par l'émotion, le teint blême, la corolle de cheveux, les sourcils et la moustache en bataille, les bras tombants, les épaules voûtées. La lassitude et la fatigue paraissaient tout à coup le courber. Il soulevait de temps à autre ses bras pour répondre aux acclamations, mais laissait vite retomber ses mains gantées de gris comme si l'événement, cette victoire pour laquelle il avait tant lutté, le dépassait.

Puis il est monté à la tribune, a fait face aux députés debout, aux personnalités, aux diplomates, aux journalistes, à tous les invités qui se serraient dans les loges, au-dessus de l'hémicycle.

Il a ajusté son lorgnon, sorti de sa poche un cahier vert que lui avait remis Foch et qui contenait les conditions de l'armistice.

Il se redresse, bras tendus, mains agrippées au pupitre.

C'est le Tigre dans toute sa vigueur.

Sa voix ne tremble pas, elle est peut-être seulement plus grave qu'à l'ordinaire.

Il lit la convention d'armistice. Puis referme le cahier vert.

— Messieurs, je cherche vainement ce qu'à une pareille heure, après cette lecture, je pourrais ajouter.

Son regard fait le tour de l'hémicycle.

— Pour moi, il me semble qu'à cette heure, en cette heure terrible, grande et magnifique, mon devoir est accompli.

Tout le visage exprime une résolution farouche.

— Un mot seulement ! reprend-il. Au nom du peuple français, au nom de la République française, j'envoie le salut de la France une et indivisible à l'Alsace et à la Lorraine retrouvées !

Les députés applaudissent longuement.

Clemenceau baisse la tête comme pour laisser passer au-dessus de lui cette vague d'acclamations.

Quand elle s'apaise et retombe, il regarde à nouveau les députés.

— Et puis, poursuit-il, honneur à nos grands morts qui nous ont fait cette victoire ! Grâce à eux, nous pouvons dire qu'avant tout armistice la France a été délivrée par la puissance des armes. Quant aux vivants vers qui, dès ce jour, nous tendons la main et que nous accueillerons quand ils passeront sur nos boulevards, vers l'Arc de Triomphe, qu'ils soient salués d'avance ! Nous les attendons pour la grande œuvre de reconstruction sociale.

Il lève haut la tête, semble regarder vers la coupole vitrée d'où pleut une lumière grise.

— Grâce à eux, reprend-il d'une voix forte, la France, hier soldat de Dieu, aujourd'hui soldat de l'Humanité, sera toujours le soldat de l'Idéal !

L'enthousiasme comme une tempête soulève les députés de leurs bancs et les invités dans les loges.

On écoute à peine le président de la Chambre, Paul Deschanel, qui parle d'« heure bénie pour laquelle nous vivons depuis quarante-sept ans ».

On oublie les manœuvres des députés socialistes, déjà soucieux d'effacer le nom de Clemenceau, qui proposent que l'on ne rende hommage qu'à la République, ou bien qu'on associe le président Wilson aux honneurs.

Manœuvres qui annoncent des pièges futurs, des rivalités qui, contenues, masquées jusqu'alors, vont rejaillir, d'autant plus violentes que la gloire du Père la Victoire est plus grande, alors que la foule crie sans se lasser « Vive Clemenceau ! » et qu'on en oublie tous les autres – Poincaré qui se morfond dans son palais présidentiel, Briand et jusqu'aux maréchaux.

Ce 11 novembre, il semble que le Tigre et les humbles soldats anonymes que la foule porte sur ses épaules soient les seuls artisans de la victoire. On devine que certains ne pardonneront jamais à Clemenceau ce triomphe.

Je l'aperçois dans la lueur d'un projecteur qui éclaire la façade du Grand Hôtel, place de l'Opéra.

Il se tient à l'une des fenêtres. Il semble surpris par cette lueur qui le fait apparaître à la foule. Elle remplit la place, attendant que, du haut des marches de l'Opéra, la cantatrice Marthe Chenal commence à chanter.

On acclame Clemenceau. Il se retire et, dans le silence un instant rétabli, Marthe Chenal entonne de sa voix profonde les premières paroles de *La Marseillaise* :

Allons, enfants de la Patrie,
Le jour de gloire est arrivé...

Bientôt la foule chante avec elle dont les accents dominent ce chœur improvisé, puissant comme l'océan.

Et quand le chant a cessé, que les acclamations se sont apaisées, tout à coup on entend crier d'une voix tonnante :

— Vivent les morts !

Le silence fige la foule, puis, comme une détonation, plus forte encore, la voix répète :

— Vivent nos morts !

Quelqu'un, de l'autre coin de la place, lance :

— Vive la France !

La foule, après un frémissement, se remet à chanter.

15

Assis, les avant-bras posés sur les cuisses, les doigts entrecroisés, Finlay regarde la fille aux longs cheveux blonds se déshabiller. Le manteau en tissu de laine vert foncé – une capote d'uniforme retaillée – est posé sur le lit.

Peut-être a-t-il appartenu à un Allemand mort, et l'un de ses camarades a-t-il payé sa passe en l'offrant à la fille ?

— On les a pour une miche de pain ! s'était exclamé Maurice Flécheux au lendemain de la première nuit passée à Metz.

Autour de lui, Barruel, Duchesnes, Marquis et même Capponi et Varin s'étaient indignés : ça n'était pas l'image de la France qu'il fallait donner aux populations libérées après quarante-sept années d'occupation.

— Nous sommes comptables... chacun de nous ! s'était récrié Varin.

Flécheux avait siffloté tout en haussant les épaules.

— Ce ne sont pas des Alsaciennes, mon cher, mais de bonnes grosses Teutonnes, les épouses, les fiancées, les sœurs des Boches ! Leurs hommes sont morts vaincus, prisonniers. Elles ont le ventre vide. Nous le remplissons. Nous vengeons les Alsaciens... Vous avez vu, hier matin ?

En sortant de la gare de Metz, massive comme une forteresse, et en se dirigeant vers l'esplanade où devait se tenir la prise d'armes – Clemenceau et Poincaré remettant sur le front des troupes son bâton de maréchal à Pétain –, les parlementaires et les invités venus de Paris avaient remarqué que la foule qui les acclamait, criant « Vive la France ! », n'était massée que sur un seul côté de la rue qui remontait vers la porte Serpenoise. L'autre, bordé de maisons aux portes et aux volets clos, était vide.

— Ce sont les habitations des Allemands, avait expliqué le capitaine Lévy qui s'était mêlé aux invités arrivés à bord de trois trains spéciaux.

Dès le départ de Paris, et tout au long du voyage, Finlay avait parcouru les couloirs des wagons, ne découvrant Maïa Lobatchevsky et Varin que peu avant Metz, hésitant à entrer dans leur compartiment. La jeune femme russe l'avait aperçu et elle s'était aussitôt levée sans même tourner la tête vers Varin qui lui parlait, puis avait décoché à Finlay un regard soupçonneux.

Elle s'était appuyée à la vitre, les coudes sur la barre d'appui, les seins gonflant ainsi son corsage noir.

— Votre victoire..., avait-elle murmuré avec toujours le même sourire ironique.

Il ne l'avait plus revue depuis le 17 novembre, il y avait donc près d'un mois.

C'était sur la tribune dressée place de la Concorde ; les troupes qui descendaient les Champs-Élysées depuis l'Arc de Triomphe défilaient devant la statue de la ville de Strasbourg couronnée de drapeaux tricolores et à demi ensevelie sous d'immenses gerbes de fleurs.

Il soufflait ce jour-là un vent vif et Maïa Lobatchevsky portait une toque de fourrure, un manchon et une longue pelisse noire.

Se glissant entre les rangées de chaises, Finlay s'était approché d'elle et s'était borné à lui souffler en effleurant la toque de ses lèvres, sans se soucier des regards :

— Il faut, il faut !

Il n'avait pas pu proférer d'autres mots.

Elle avait souri, répondu :

— Ce soir.

Et, comme il hésitait, elle avait ajouté :

— Quand vous voulez. Il s'en va chez Foch.

Elle avait ri parce que Varin s'était approché, les regardant avec inquiétude. Elle avait sorti sa main gauche du manchon et l'avait posée sur l'avant-bras de son protecteur.

— Ce n'est pas un Français, mon cher. Il ne pense pas qu'aux femmes ! Il voulait être du voyage en Alsace, après-demain. Trouvez-lui donc une place, Albert.

Le capitaine Lévy avait déjà fait remettre à Finlay une invitation personnelle de Clemenceau, mais il avait feint de tout attendre de Varin.

— Naturellement, je vous arrange ça, avait dit ce dernier. Je ne comprends pas que la présidence vous ait oublié. Le monde et les États-Unis d'abord, qui ont combattu pour cette victoire, doivent être présents à ces retrouvailles entre la mère patrie et ses enfants volés. Ce sera aussi grandiose qu'émouvant !

Ce 17 novembre, sitôt la nuit tombée, il s'était rendu au 7 de l'avenue Montaigne, déçu, amer et humilié quand Pierre Huart, ce jeune homme à lunettes rondes, lui avait ouvert, lui expliquant avec un sourire insolent que Maïa – il l'appelait ainsi, en laissant, après avoir prononcé ce prénom, un « blanc », de telle sorte que le visiteur mesure bien ce que ce silence révélait d'intimité entre eux deux – l'avait donc chargé de faire patienter Finlay.

Elle était chez Mlle Chanel. Le journaliste savait-il que Maïa avait commencé à participer à des défilés de mode ?

— Mannequin, mon cher. Nous sommes heureux et flattés, n'est-ce pas ?

Puis, tout à coup, Huart, peut-être parce qu'on avait perçu au loin les roulements de tambour et les clairons d'une fanfare – les célébrations se succédaient depuis le 11 novembre –, avait changé d'expression et de ton. Se dirigeant à grands pas vers la fenêtre donnant sur l'avenue, il l'avait ouverte – la musique était entrée par grandes vagues clinquantes –, puis avait tiré les volets métalliques.

— Je ne supporte plus cette débauche de parades, de congratulations, d'embrassades et de discours ! avait-il soupiré. C'est décidément obscène, à vomir !

Il s'était laissé tomber sur un des canapés.

— Mes meilleurs amis ont été tués, avait-il murmuré. Sur les trois cent quarante-six élèves de l'École normale, savez-vous combien sont morts ? Cent quarante-trois ; et il y a en outre des dizaines de blessés, d'amputés. La moitié des instituteurs mobilisés ont été tués. Et nous devrions danser, applaudir ? Un million trois cent quinze mille morts, deux millions huit cent mille blessés, plus de soixante mille amputés. Et je ne compte pas les gazés qui ne peuvent plus respirer, ni, parmi les amputés, ceux qui n'ont plus de visage ou de sexe...

Il s'était levé.

— Ça n'est pas notre cas, n'est-ce pas ? Maïa n'aimerait pas !

On avait entendu un bruit de porte.

— Je vous laisse, avait-il dit en s'éloignant vers l'entrée. C'est comme au front : l'heure de la relève, n'est-ce pas ?

Il y avait eu des éclats de voix sans que Finlay ait pu distinguer les mots qui s'échangeaient.

Maïa Lobatchevsky était apparue, son visage à demi caché par un col de fourrure et par son manteau en tissu de laine bleu roi.

Elle s'était arrêtée sur le seuil du salon et avait commencé à retirer lentement ses longs gants de peau noirs.

La porte palière avait claqué. Pierre Huart avait dû quitter l'appartement.

Maïa avait fixé Finlay d'un regard impérieux.

— Je suis libre, avait-elle dit.

Et la nuit de ce 17 novembre, pourtant déjà longue, s'était consumée en un instant.

Finlay n'avait donc plus revu Maïa Lobatchevsky jusqu'au 7 décembre, peu avant l'arrivée du train en gare de Metz.

La cérémonie sur l'esplanade avait duré plusieurs heures, Poincaré donnant l'accolade à Pétain après lui avoir remis son bâton de maréchal, puis se tournant vers Clemenceau et disant – ainsi que l'avait rapporté le capitaine Lévy :

— Vous aussi, il faut que je vous embrasse !

— Bien volontiers, avait répondu le Tigre.

Les deux hommes s'étaient étreints, cependant que la foule criait « Vive la France ! » et que Flécheux murmurait d'un ton goguenard à Finlay :

— Qui va tuer l'autre ? C'est la seule question politique qui se pose. Clemenceau a toutes les armes. Poincaré semble n'en posséder aucune... Mais ce n'est pas un duel d'homme à homme. Ils vont tous vouloir remettre Clemenceau dans sa boîte dont ils ne l'ont sorti que contraints et forcés. Et quand ils l'auront bien emboîté, si j'ose dire, ils s'assiéront sur le couvercle pour qu'il ne ressorte pas !

Finlay avait montré les jeunes Alsaciennes en costume, leurs grandes coiffes noires cachant leurs cheveux blonds, qui se précipitaient vers le Père la Victoire pour l'embrasser, cependant que l'on criait : « Vive Clemenceau ! »

— Le peuple, mon cher Finlay, va vouloir danser, rire, baiser, bouffer, et Clemenceau est bien vieux pour conduire le bal. Et puis, où avez-vous vu que le peuple décide quoi que ce soit ? Il suit ses bergers. Clemenceau est un Tigre, les moutons le craignent.

John Christopher avait essayé de s'approcher de Maïa Lobatchevsky et d'apprendre de sa bouche si elle partageait la chambre de Varin ou si, au contraire, elle était logée dans un autre hôtel. Il l'avait perdue à Metz, retrouvée dans le train qui conduisait les parlementaires, les ministres et les invités à Strasbourg. Mais, au moment où il s'apprêtait à lui adresser la parole, le capitaine Lévy était venu le chercher pour le conduire dans le wagon où Clemenceau recevait quelques proches.

— Il tient à ce que vous soyez là, lui avait dit l'officier. Il a vu votre frère. Le président Wilson arrive dans quelques jours. Il pense que la paix dépendra de l'accord entre la France et les États-Unis, donc entre Wilson et lui.

Le capitaine avait guidé Finlay le long des couloirs jusqu'à ce compartiment où Clemenceau, ébouriffé, ses mains gantées croisées derrière le dos, parlait devant Duchesnes, Barruel et Capponi.

— Vous êtes satisfait ? avait-il dit en voyant entrer Finlay. Vous avez lu le texte de la proposition de loi votée par nos députés et sénateurs : « Les Chambres françaises déclarent que le président Wilson et la nation américaine, les nations alliées et les chefs qui sont à leur tête ont bien mérité de l'Humanité ! »

Il avait tendu la main à Finlay qui l'avait serrée en s'inclinant.

— Nous avons distingué Wilson et l'Amérique. Les Anglais n'apprécieront pas...

— Nous non plus ! s'était exclamé Capponi en riant.

— Nous sommes de la même famille latine, avait répondu Clemenceau.

— Vous allez jouer l'Amérique et Wilson contre les nations européennes avait repris Capponi. Je ne crois pas que ce soit une bonne idée, monsieur le président du Conseil.

Clemenceau avait haussé les épaules et s'était mis à arpenter le long compartiment, penché en avant comme s'il voulait charger, plus vieux taureau que vieux Tigre.

— Laissons cela ! avait-il dit. Il est trop tôt. Nous avons gagné la guerre ensemble, nous devons gagner la paix de la même manière. Sinon, il n'y aura pas de paix !

Finlay avait baissé la tête.

Son frère lui avait expliqué qu'aux États-Unis on attendait le retour des soldats dont on ne comprenait pas pourquoi ils étaient allés se faire tuer dans les forêts de l'Argonne. Car, vu de Detroit ou de Los

Angeles, un Allemand valait bien un Français. Et il y avait plus de descendants d'Allemands aux États-Unis que de descendants de Français ! Aussi les adversaires de Wilson avaient-ils entamé leur campagne pour que l'Amérique s'occupe d'elle-même plutôt que du reste du monde. « Nous sommes une grande île, disaient-ils, un monde à soi seul. Laissons les autres s'entre-égorger et jouissons de nos richesses et de nos libertés ! »

Voilà les thèmes que les républicains allaient opposer à Wilson. Et les démocrates risquaient d'être battus.

George Lewis Finlay avait soufflé à son frère qu'il avait commencé à nouer des contacts avec le parti républicain et qu'il comptait bien financer sa campagne autant que celle des démocrates :

— Nous sommes banquiers, Chris. Tu es écrivain. Toi comme moi, nous sommes *au-dessus*. Chacun à sa manière, nous exprimons l'intérêt général. Les mots comme l'argent sont des signes, des abstractions.

Il avait serré John Christopher contre lui.

— Nous sommes du même sang, Chris, lui avait-il dit. Nos parents seraient fiers de ce que nous faisons. À un moment donné, j'ai cru que tu t'étais éloigné de notre tradition familiale. Je m'étais trompé. Mais si tu voulais un jour me rejoindre, une place t'attend près de moi. À moins que tu ne veuilles diriger ton propre journal ? Nous pouvons créer, investir. Tu incarnes tous ceux qui ont vécu la guerre en Europe, qui y ont combattu. Imagine un hebdomadaire ou même un quotidien qui s'adresserait aux trois millions de *Sammies* qui ont traversé l'Atlantique...

Finlay avait écouté son frère aîné sans relever la tête, laissant son impétuosité s'épuiser.

Il se ressouvenait à présent de ses propos alors que Clemenceau répétait :

— Pour une bonne part, notre avenir, ici, est entre les mains du président Wilson et des Américains. Faites-leur comprendre cela, Finlay, et vous aurez une fois de plus bien mérité de la France !

Puis le Tigre avait évoqué ses visites dans les villages alsaciens. Il avait branlé du chef tout en parlant, comme s'il n'avait pu se maîtriser au souvenir de l'émotion qu'il avait éprouvée et qu'il ressentait encore avec la sensibilité exacerbée d'un homme âgé.

— J'ai vu des vieux et des vieilles qui n'avaient plus qu'un souffle. Je les voyais lever leurs mains tremblantes et crier « France ! France ! » – et ce cri s'étranglait dans un sanglot...

Clemenceau avait lui aussi levé ses mains gantées, et elles tremblaient. Ceux qui l'écoutaient avaient détourné la tête comme s'ils avaient craint qu'il ne se mît à pleurer à l'instar d'un de ces vieillards dont il évoquait le comportement, semblant ne pas se rendre compte qu'il était sans doute plus ancien qu'eux.

— Dans un petit village, avait-il poursuivi, j'ai vu aussi une bonne vieille religieuse qui, sous sa coiffe, et les yeux baissés, chantait *La Marseillaise* comme elle aurait entonné un cantique.

Il avait hoché la tête, avait dévisagé chacun de ceux qui l'entouraient.

— Admirable ferveur d'union ! avait-il dit. Restons unis, gardons, comme l'Alsace-Lorraine l'a su faire, la religion du souvenir et celle de la Patrie française !

Lévy avait raccompagné Finlay jusqu'à son wagon. Le train bruissait de conversations et de commérages.

On saisissait une phrase en passant :

— Il faut intervenir en Russie, disait une voix, et étrangler ces bolcheviks avant qu'ils ne contaminent l'Europe entière !

Un autre lançait :

— Les émeutes de Berlin, spartakistes ou pas, nous devons nous en féliciter : ce qui affaiblit l'Allemagne est bon pour la France. Après, nous réglerons leurs comptes aux bolcheviks.

D'autres disaient au contraire qu'il fallait nouer des relations avec les soviets pour reconstruire une alliance franco-russe de manière à tenir l'Allemagne dans un étau.

— Vous les entendez ? avait murmuré le capitaine Lévy. Ils ne comprennent pas – et peut-être Clemenceau est-il lui aussi aveugle sur ce point – que la guerre nous a saignés. Nous sommes épuisés, Finlay. Plus d'un million de morts, près de trois millions de blessés, des amputés par dizaines de milliers, des départements entièrement ravagés, des villes détruites. Et nos caisses vides ! Nous devons des centaines de millions aux États-Unis et à l'Angleterre. Et les soviets ne nous rembourseront jamais ce que nous avons prêté au tsar. Exsangues et ruinés : voilà la réalité que personne ne veut voir. L'Allemagne paiera, dit-on. Vous y croyez, vous, Finlay ?

On était arrivé en gare de Strasbourg. La foule enthousiaste. Le défilé militaire : infanterie, cavalerie, artillerie. Les drapeaux tricolores. Les discours. Poincaré, de sa voix aigrelette, qui s'essayait à l'émotion :

« *Alsace, tu te rappelleras que nous avons chèrement payé ton retour à la demeure maternelle... Tu honore-*

ras la mémoire de nos morts, car autant et plus que les vivants, ce sont eux qui t'ont délivrée... »

Ovation. Jeunes Alsaciennes montant sur la tribune pour embrasser Poincaré et Clemenceau.

Défilé encore. Prise d'armes encore...

Finlay avait tenté de s'approcher de Maïa Lobatchevsky, mais Albert de Varin ne la quittait pas, et, à la fin, quand la nuit était tombée, il avait renoncé à la rejoindre, marchant seul dans les rues tout à coup désertes.

Non loin de la gare, il avait aperçu cette silhouette qui restait à la lisière de la lumière, entrant parfois dans le cône blanc comme pour se faire voir, puis s'éloignant vite, se perdant dans la pénombre avant de revenir frôler à pas lents la zone éclairée par le lampadaire.

Il s'était approché et, d'une simple inclinaison de tête, elle l'avait invité à la suivre jusqu'à un porche. Elle avait prononcé quelques mots en allemand, puis lui avait pris le bras et l'avait entraîné.

Hôtel qui sent la sueur et le chou.

Chambre poussiéreuse et humide.

Finlay frissonne. Il s'assied, regarde la fille qui, après avoir jeté son manteau sur le lit, a ôté son bonnet de laine noire ; ses cheveux blonds se sont répandus sur ses épaules.

Elle semble hésiter, tend la main gauche, puis fait claquer les doigts de sa main droite. Elle dit :

— Francs, francs... *money* !

Il pose des billets et des pièces sur le plateau de marbre blanc veiné de noir de la table de nuit. Elle s'approche, les trie du bout des doigts, lui jette un regard étonné. Puis elle rit silencieusement, ramasse l'argent, l'enfouit dans l'une des poches de sa jupe plissée en tissu sombre.

Elle commence à déboutonner son gilet de laine, laissant apparaître, de la base du cou et des épaules aux seins, une seule rondeur laiteuse.

La fille s'avance vers Finlay. Il a l'impression de découvrir son visage aux joues rougeaudes et au front bas. Le nez est écrasé, le menton fuyant.

Il se redresse et fait signe à la fille de rester éloignée de lui. Elle écarte les bras et parle, mais il ne comprend pas ce qu'elle dit. Elle s'approche encore, veut lui entourer le cou.

Il ferme les yeux.

Il se souvient de cette première nuit – c'était il y a six ans à quelques jours près, en janvier 1913, le jour de l'élection de Poincaré. Il était dans la chambre de Juliette Dumas, au Rendez-Vous. Elle était blonde, tout comme cette fille.

Elle est morte.

La fille s'assoit sur les genoux de Finlay. Elle l'embrasse dans le cou, puis lui mordille l'oreille. Elle lui prend les poignets, le tire vers le lit.

Il la repousse violemment et sort de la chambre.

Dehors, Strasbourg silencieux est noyé dans un brouillard glacé.

16

Tête baissée, bras croisés, Finlay s'éloigne lentement de la tombe de Henri Mourier.

Au bout de quelques pas, il s'arrête, lève les yeux, se retourne.

Pierre grise sur laquelle le soleil rejaillit, la tombe est si nue qu'elle semble encore ouverte comme elle l'était il y a un an, le 26 décembre 1917.

Ébloui, Finlay devine plus qu'il ne voit Lucie Mourier et Marius Bardet qui, à leur tour, se sont écartés de la tombe et s'approchent. Lucie a pris le bras de Bardet. À chaque pas, elle semble chanceler, sur le point de tomber. Bardet la soutient, abandonnant son bras, la prenant aux épaules. Elle avance, penchée en avant.

Finlay hésite, puis marche à leur rencontre tout en regardant autour de lui.

De part et d'autre de l'allée, la plus large du cimetière Montparnasse, les fleurs amoncelées forment deux traces rouge sombre entrecoupées çà et là de taches blanches ou dorées, parfois jaunes. Des silhouettes grises et noires peuplent le damier des pierres.

Il s'immobilise devant Lucie et Marius Bardet.

Des familles passent près d'eux, chuchotantes, les bras chargés de bouquets, de vases et de gerbes. Les enfants sont eux aussi en noir.

— J'ai envie de crier, dit Bardet. Ils ont fait du jour de Noël un jour de deuil. Au lieu d'un berceau, des tombes ; au lieu d'une crèche, un cimetière. Ce n'est plus la fête de la Nativité et de la vie, mais celle de la mort. Écoutez-les…

Il jette un regard vers Lucie Mourier, secoue la tête et marmonne de la même voix amère :

— Ils ne parlent que de la mort. Poincaré, Clemenceau, Deschanel, Pétain, tous exaltent ce qu'ils appellent « le plus pur esprit de sacrifice ». Ils sont vieux, Finlay ! Ils sont trop heureux de survivre, eux, de s'être hissés au sommet de cette pyramide de cadavres !

— Je vous en prie, murmure Lucie.

Mais Bardet, après quelques secondes de silence, hausse la voix :

— Il ne faut pas se taire, il faut se révolter. Il faut venger Henri et les millions de morts inutiles. Si on ne crie pas, les bouchers vont continuer à s'enorgueillir de ce qu'ils ont fait, et ils remettront ça dans quelques années !

Depuis que Bardet était arrivé pour les accompagner jusque sur la tombe de Henri Mourier, ce 25 décembre 1918, premier anniversaire de la disparition du frère de Lucie, il n'avait cessé de parler avec une sorte de rage, s'emportant même contre la luminosité froide et tranchante de cette journée d'hiver.

— Cette pleine lumière en décembre, avait-il dit, c'est comme le symbole des mensonges dont on nous gave. C'est un soleil qui ne chauffe pas. Tout est truqué. On dit la paix. Quelle paix ? Vous avez entendu Clemenceau ? Il veut maintenant la guerre contre les bolcheviks. Il a laissé cinq mille mitrailleuses aux Allemands pour qu'ils puissent massacrer leur peuple. Et pour l'avenir, voulez-vous que je vous explique ce que vont être les relations franco-allemandes ? J'ai passé toutes ces années de guerre dans les hôpitaux, les postes de secours en première ligne, vous le savez, Finlay. J'ai soigné des pauvres gamins de dix-huit ans, Allemands, Sénégalais, Français. Je me souviens de l'un d'eux qui me disait, il faut avoir entendu ça : « En ce moment, je suis un héros. Le général en personne va venir me décorer ! Merci, mon général ! Mais, dans un ou deux ans, qu'est-ce que je serai ? Un cul-de-jatte. Un débris. Et on détournera la tête pour ne pas me voir, parce que je dérangerai tout le monde : les femmes qui nous ont trompés, celles qui ne veulent pas vivre avec un amputé, et les embusqués, les jeunes… » Voilà ce que j'ai dû écouter, et j'ai menti. J'ai dit : « Vous avez des droits. On ne vous oubliera pas. Grâce à vous, ce sera la dernière des guerres, la Der des der ! » Mensonge, mensonge, Finlay ! Vous savez comment ça va se passer si ce sont les mêmes qui gouvernent, si le système capitaliste survit, si la révolution ne balaie pas ces criminels ? Le Français dira : « Tu m'as coupé un bras, je te coupe la jambe. » Et l'Allemand répondra : « Tu m'as coupé la jambe, je t'en coupe une aussi. » Et l'autre : « Puisque tu m'as coupé une jambe, je t'arrache un œil. – Et moi, une oreille ! – Et moi, les deux ! – Et moi… » On deviendra un monde d'invalides, de peuples-troncs ! Oui, voilà notre avenir si les bouchers restent les maîtres, et c'est pour cela qu'ils veulent écraser la révolution bolchevique : parce qu'elle porte l'espoir d'un autre monde…

Il s'était penché, les poings fermés, devant le visage de Finlay.

— Les bolcheviks et Lénine sont les seuls à avoir refusé la guerre, à avoir préféré la défaite à la poursuite du massacre. Poincaré, Clemenceau, mais aussi les socialistes ont choisi la guerre jusqu'au bout. Ils appelaient ça l'« Union sacrée » ! Et maintenant, ils arment les Russes tsaristes des armées blanches ! Et ils laissent cinq mille mitrailleuses aux Boches ! Pour que le massacre continue, n'est-ce pas ?

Finlay avait essayé de rapporter à Bardet les informations qu'Anton Gratchev recevait de Russie. Les bolcheviks régnaient par la terreur. Peschkov – peut-être avec à ses côtés Rosa di Bellagio – ordonnait l'exécution sans jugement de milliers de personnes. La famine naissait de la terreur et du chaos. Ces faits-là étaient indiscutables. Des milliers de Russes avaient réussi à fuir, tous leurs témoignages convergeaient. Un despotisme plus sauvage que celui des tsars s'était instauré en Russie. Croire qu'il pouvait représenter un espoir pour les peuples était une folie.

— Ce n'est qu'un nouveau visage de la barbarie, avait murmuré John Christopher. Sans compter que les bolcheviks ont été de véritables alliés des Allemands.

Bardet s'était d'abord indigné, puis avait regardé le journaliste avec commisération.

— Croyez-vous qu'en 1793 nous ayons eu pitié des aristocrates ? Étudiez notre révolution, Finlay. Nous avons fait ce que font les bolcheviks. Et nous avons eu, nous aussi, nos émigrés, qui s'en allaient pleurer dans les cours d'Europe, qui accusaient ces cruels, ces « barbares », ces sanguinaires de sans-culottes, ces horribles jacobins ! Ne vous laissez pas prendre à ces mensonges, Finlay. Les bolcheviks sont les jacobins d'aujourd'hui. Il ne faut pas laisser nos bouchers annihiler l'espoir qu'ils représentent pour l'humanité.

Finlay n'avait pas répondu à Bardet.

Il avait eu l'impression que, depuis le 11 novembre, des mots énormes et sonores avaient tout envahi.

— Vous avez gagné la plus grande bataille de l'Histoire et sauvé la cause la plus sacrée : la liberté du monde ! clamait Foch.

Et tous avaient repris le même refrain, si emphatique. Les souverains anglais, belge, italien qui s'étaient succédé à Paris avaient entonné la même chanson.

Puis était venu le président Wilson, et Finlay avait été de toutes les réceptions : à Brest, à la gare de l'avenue du bois de Boulogne où le train présidentiel était arrivé. Mmes Poincaré et Wilson avaient accompagné leurs maris. Et Maïa Lobatchevsky était du grand dîner de l'Élysée, assise si loin de Finlay qu'il n'avait pas même pu lui parler, l'effleurer. Et, les jours suivants, elle était repartie pour Monte-Carlo, Rome, sans doute aussi Genève.

C'est ce qu'avait dit Pierre Huart qui avait changé de ton – moins ironique, plus amer, presque désespéré, ce qui ne laissait pas d'étonner chez ce jeune homme.

— Quelle merde ! Quelle connerie, cette guerre et cette paix qui ne conduira nulle part ! avait-il même dit.

Puis, d'une voix plus basse, il avait ajouté :

— L'Europe, c'est foutu. Je vais me tirer en douce. Vous, vous êtes américain, vous ne pouvez pas comprendre ce que je ressens. Mes amis sont morts. Qu'est-ce que je peux faire ici ? La révolution ? Ce serait la seule chose intéressante. Mais quelle révolution ? Celle des Russes ?

Des mots, encore.

Lors de la remise à Wilson du diplôme de docteur *honoris causa*, dans le grand amphithéâtre de la Sorbonne, Finlay s'était retrouvé assis à côté du capitaine Lucien Lévy qui, durant tous les discours, la tête penchée, lui avait chuchoté diverses confidences :

— Votre président, Finlay, a une curieuse personnalité, très attachante. Mais je partage l'avis de Clemenceau : l'Amérique est très loin. La France, elle, est très près de l'Allemagne. Et nous avons des préoccupations qui ne touchent pas autant Wilson qu'un homme qui a vu pendant quatre ans les Allemands fouler le sol de son pays. Nous avons des injustices, des destructions, des crimes à faire payer. Voilà ce que dit Clemenceau. Et il a raison. Wilson lui inspire le respect à cause de la simplicité de sa parole et de la « noble candeur de son esprit ». En entendant cela, les socialistes se sont déchaînés. Eux qui ont toutes les tendresses, toutes les bienveillances pour les tueurs de Petrograd se montrent impitoyables avec Clemenceau. Nous sommes dans une étrange situation, folle à bien des égards : les socialistes soutiennent à la fois Lénine et Wilson, la révolution mondiale et les émeutes des spartakistes à Berlin ou Munich, mais aussi la création d'une Société des Nations, l'établissement des principes éternels de droit et de justice, comme dit Wilson. De cette façon, ils espèrent écraser Clemenceau qui souhaite qu'on étouffe les bolcheviks et qui est sceptique quant à la possibilité de mettre en pratique les beaux principes de votre Wilson…

Finlay s'était contenté de hocher la tête. Son frère lui avait confirmé que l'opinion américaine et les sénateurs ne soutenaient plus les ambitions du président.

— Ils se moquent bien de la liberté et du bonheur des peuples du monde, avait dit George Lewis. Ils veulent vivre bien, avec voiture, réfrigérateur et téléphone. C'est à cela qu'ils rêvent, pas à la Société des Nations ! Wilson ne s'est pas encore rendu compte qu'on lui a retiré de sous les pieds la passerelle sur laquelle il s'était avancé. Il va rester encore un instant en l'air, à faire de beaux discours, puis il s'apercevra que rien ne le soutient, et il tombera avec un grand plouf !

— Vous savez ce que m'a dit Clemenceau au lendemain de l'armistice ? avait ajouté Lévy. « Si j'avais le souci de ma gloire, je mourrais maintenant. » Je l'ai écouté. J'ai essayé de le contredire, mais sans conviction, car tous ont déjà commencé à se liguer contre lui. Il m'a dit : « Ne vous fatiguez pas, Lévy. Je sais ce qu'il en est. Briand, Poincaré, Deschanel sont tous en embuscade. »

Finlay avait eu ainsi le sentiment que les discours officiels cachaient des rivalités et des passions dont la force s'était grossie de la violence de la guerre et de la dissimulation – de la censure – qu'elle avait imposée, mais, maintenant que les combats avaient cessé, ces jalousies et ces haines allaient se donner libre cours.

Et au bout, quoi ? Peut-être une autre guerre dont la révolution russe et les émeutes survenues en Allemagne n'étaient que les prémices.

Déjà, en quelques jours – à peine un peu plus d'un mois depuis le 11 novembre –, malgré les parades, les discours, les fêtes et les danses, cette sensation de délivrance qui emportait les foules des premiers démobilisés – ainsi ce capitaine Montcel, rencontré par hasard, qui disait : « Je suis là, c'est par miracle. Ces sourires de femmes, ces autos, c'est la paix. Je n'y croyais plus. J'étais sûr de mourir. Savez-vous que, parmi les anciens des dernières promotions de Saint-Cyr, nous ne sommes qu'une poignée de survivants pour des centaines de morts ! À Polytechnique, ils comptent huit cent trente-trois tués. Et je suis là, je bavarde sur les Champs-Élysées, et il fait beau... » –, oui, malgré cela, Finlay avait senti que le climat, à Paris, dans ce milieu où se côtoyaient politiciens et journalistes, notables proches du pouvoir et femmes d'influence, avait changé.

Même Maurice Flécheux, qui s'était toujours proclamé partisan de Clemenceau, se moquait déjà du Père la Victoire :

— Un drôle de surnom, sympathique mais si facile à transformer. Certains le murmurent déjà : « Clemenceau *perd la victoire* ! »

Il y avait eu des rires complaisants.

— Vous exagérez, Flécheux ! avait feint de protester Barruel.

— Je dis tout haut ce que tous vous murmurez ou avez en tête. De toute manière, nous verrons. Mais vous savez ce que Foch a dit à Clemenceau : « Monsieur le président du Conseil, voici mon armistice. Vous pouvez faire n'importe quelle paix. Je suis en mesure de l'imposer... Mon travail est terminé, le vôtre commence ! »

— Et qu'a-t-il répondu ? avait demandé Duchesnes.

— Il a parlé de Wilson, de la nécessité de rester unis avec l'Amérique à laquelle nous devons plus de dix milliards de francs. Elle peut donc nous étrangler quand elle veut, et comme nous sommes débiteurs de la même somme vis-à-vis de l'Angleterre, Clemenceau juge que notre marge de manœuvre est plutôt limitée. Alors, à mon avis, il s'apprête à suivre Wilson, et comme celui-ci est hostile à l'occupation de la rive gauche du Rhin, Foch, qui en rêve et répète que sans cela il y aura une nouvelle guerre d'ici dix ou vingt ans, va pouvoir se consacrer à ses manœuvres pour entrer à l'Académie française, puisqu'on dit qu'il en rêve aussi !

Quant aux propos de Clemenceau, répétant que le gouvernement était composé d'« une équipe de bons Français, de bons républicains, en un mot de braves gens qui s'efforcent de bien servir leur pays », ils étaient applaudis en séance à la Chambre, mais moqués dans les couloirs.

— Il est à la fois court et verbeux, avait ricané Denis Farlat qui s'était approché de Finlay dans le hall de la Sorbonne, lors de la réception de Wilson. Je crois que Clemenceau a donné tout ce qu'il pouvait au cours de ces derniers mois. Maintenant, il doit se retirer. Il devrait laisser faire la paix par d'autres. Moi, à la Chambre, quand il nous a dit : « Si vous avez la moindre hésitation, dites-le, pour ma part je m'engage à vous faire un grand salut et à vous remercier », j'ai voté avec les socialistes, j'ai refusé la confiance au gouvernement. Et puis, « braves gens », c'est vite dit ! Clemenceau laisse Caillaux en prison. Qu'est-ce qu'il attend pour le faire libérer ? C'est indigne de la France de traiter ainsi un innocent qui a été président du Conseil et ministre ! Nous répéter, patelin, que nous sommes de « braves gens », cela relève de l'hypocrisie d'un Vendéen qui a peut-être été radical, mais qui finit en jésuite !

Finlay s'était détourné.

Farlat et tous ses semblables semblaient avoir déjà oublié la fosse de la guerre dans laquelle étaient enfouis des millions d'hommes.

Ne comprenaient-ils pas que ces cadavres-là, à quelque nation qu'ils appartinssent, allaient, s'ils n'y prenaient garde, pourrir les années à venir, cette paix dont ils ne savaient pas ce qu'elle devait être ?

— Il faut que l'Allemagne paie ! avait clamé Varin.

Mais les députés socialistes souhaitaient une Société des Nations et adjuraient Clemenceau de ne pas « commettre de nouvelles injustices ». Et leurs disputes, celles d'avant 1914, recommençaient de plus belle.

Il y avait pourtant ces amputés, ces gueules cassées, ces aveugles, ces gazés que l'on plaçait sur les tribunes, ou en tête des défilés, dans leurs petites voitures d'invalides, et qui arboraient sur leurs poitrines des rangées de décorations.

Il y avait pourtant les tombes si nombreuses qu'elles couvraient des champs immenses et les pentes des collines. Une croix pour une vie détruite – et tant d'autres blessées, saccagées, annihilées par cette perte.

Finlay avait pensé aux trois frères de Jeanne, à leurs parents morts de la mort de leurs trois fils.

Et il y avait encore ces dizaines de milliers de cadavres éparpillés, sans sépulture.

Finlay se tait face à Lucie Mourier et à Bardet.

Il entend le crissement des pas des silhouettes noires sur le gravier de l'allée.

Le cimetière est comme une autre ville que les survivants parcourent.

Lucie le regarde.

Elle se dégage du bras de Bardet qui la soutenait.

Elle se laisse tomber contre John Christopher. Elle murmure. Elle dit que c'est le jour de Noël, celui de la naissance d'un enfant.

Finlay la sent qui pèse et s'abandonne.

Il sait ce qu'elle veut, ce qu'elle désire pour échapper à tous ces morts, au souvenir de son fiancé François, tué en août 1914, à celui de Henri Mourier, mort étouffé par la guerre.

Finlay voudrait la repousser, la tenir à distance, ne pas lui céder. Mais il l'enveloppe de ses bras et la serre contre lui.

Deuxième partie

L'ABANDON

17

J'ai quitté la France le 23 décembre 1923 et je n'ai pas pu regarder cette terre gorgée de sang s'effacer à l'horizon.

J'ai laissé les passagers agglutinés contre le bastingage suivre les manœuvres d'appareillage, répondre aux saluts de la foule qui se pressait sur les quais du Havre, puis guetter le moment où la côte s'enfoncerait dans l'océan.

Je suis descendu dans ma cabine. J'ai tiré le petit rideau qui cache le hublot.

Je me suis allongé sur la couchette, le visage tourné contre la cloison. Mais le frémissement, puis le battement des machines, le sifflement des sirènes du paquebot et des remorqueurs qui me parvenaient, assourdis, résonnaient en moi comme la mélopée plaintive d'un cœur souffrant.

C'étaient mes voix étouffées qui psalmodiaient que je n'oublierais pas cette terre française mutilée par la guerre, où j'avais vécu si intensément depuis dix ans.

Elle était la patrie de ma mère morte et j'y abandonnais un fils vivant que je ne connaissais pas.

Lucie Mourier avait accouché le 25 décembre 1919.

Je ne la voyais plus depuis plusieurs mois. Je m'absentais souvent de Paris et lors de nos dernières rencontres, au printemps de cette année-là, je lui avais répété que j'étais soucieux de « préserver ma liberté ». Tels étaient les mots que j'avais employés.

La guerre, lui avais-je expliqué, n'avait cessé qu'en apparence. On continuait de tuer, de massacrer en Allemagne, en Pologne, en Russie, en Chine. En France on tirait sur les cortèges de grévistes, à Turin ou à Bologne on pourchassait ceux qu'on appelait les « rouges ». Un jour prochain, ces brasiers constitueraient un immense incendie.

Dans les tranchées, les entonnoirs d'obus, j'avais vu trop de cadavres pour vouloir jeter dans le feu de l'enfer le corps d'un enfant innocent.

Lucie pouvait le comprendre.

Et puis, je tenais à être le témoin de ces événements qui ne cessaient d'ébranler l'Europe et le monde. Je devais pour cela rester libre.

J'ai cru qu'elle avait accepté ma décision. Et son silence, durant ces mois-là, en 1919 et au début de 1920, alors que j'allais pour le *Washington Times* de Berlin à Milan, de Budapest à Munich, m'arrangeait.

Si je ne voulais pas savoir, c'est que, sous l'amoncellement de mes pensées futiles, de mes curiosités, de mes passions passagères, je craignais qu'elle ne fût tombée enceinte. Qu'aurais-je fait si je l'avais appris ?

Lors d'un de mes brefs séjours à Paris, j'avais découvert dans une librairie du boulevard Raspail, proche de chez moi, l'un des contes qu'elle avait écrits. Je l'avais rapidement feuilleté. Il narrait l'histoire d'une lionne que des chasseurs poursuivent. Blessée, elle réussissait à atteindre le sommet d'une montagne inaccessible aux hommes. Là, protégée par un aigle aux ailes immenses, elle donnait le jour à un lionceau.

J'avais refermé le petit livre rouge et or avec un sentiment de malaise et une inquiétude que je n'avais pu refouler qu'en repartant le soir même pour je ne sais quelle ville d'Europe où les hommes continuaient de s'entre-tuer – peut-être Munich.

Les rues de ces villes où l'on se battait se ressemblaient.

Elles étaient envahies par le brouillard et le silence. Puis, tout à coup, des pas cadencés martelaient l'asphalte, des hommes surgissaient, le fusil pendu à l'épaule, des grenades à manche glissées dans leur ceinturon. Ou bien des camions crevaient le brouillard, des hommes en armes et des drapeaux rouges accrochés à leurs ridelles ; ils passaient vite, enveloppés de bruits et de chants, puis disparaissaient, dissous dans cette grisaille dense et glacée qui étouffait le halètement des moteurs, les voix et les pas.

J'avais eu froid dans ces rues de Munich ou Berlin, de Düsseldorf ou Budapest, de Turin ou Milan.

J'avais eu peur quand les mitrailleuses – quelques-unes des cinq mille que les négociateurs français, dans la clairière de Rethondes, avaient laissées, à la demande de Karl Ziegler, au général Ludendorff – avaient commencé à tirer.

J'ai vu tomber ces hommes coiffés de casquettes, aux vêtements difformes, aux vestes élimées dont ils relevaient le col. Leurs corps sur la chaussée, à Berlin, à Munich, à Düsseldorf, mais aussi à Turin et Budapest, n'étaient que des tas de chiffons que quelques chars ou des véhicules de l'armée transformaient en une boue noirâtre semblable à celle qui, durant quatre années, s'était accumulée au fond des tranchées et où je m'étais moi-même enfoncé.

En voyant les rues maculées de rouge et de noir – car le sang, en séchant, change de couleur –, en sursautant au tac-tac – que je connaissais si bien – des mitrailleuses, en écoutant ces râles – j'en avais tant entendu –, en tâtonnant dans ce brouillard – je pensais aux nuages de gaz glissant à ras de terre –, j'ai compris qu'une autre guerre était née, issue de celle que l'on commençait d'appeler la « Grande Guerre ».

J'avais retrouvé dans ces villes certains des hommes que j'avais croisés durant toutes ces années.

À Milan où le brouillard était aussi dense qu'à Berlin ou Munich, peut-être même plus froid et humide, c'était Riccardo Capponi qui était venu me chercher à l'Albergo Del Duomo où j'attendais le guide qui était censé me conduire auprès de ceux qu'on surnommait *I Neri* – « les noirs » –, de la couleur de l'uniforme des *Arditi* qu'ils portaient.

Il m'avait serré contre lui.

— Finlay, Finlay ! Quand on m'a dit qu'un journaliste américain s'intéressait à nous, j'ai aussitôt pensé que ce ne pouvait être que vous. Mais j'avais un doute. J'ai imaginé que vous ne pourriez quitter telle ou telle de vos femmes. Laquelle, maintenant ? Cette Maïa Lobatchevsky ? Elle est à Varin, non ? Elle est passée par Rome. J'aurais donné Trieste et Fiume pour la posséder !

Il s'était esclaffé, puis, redevenu soudain grave, m'avait expliqué que ce qui se passait là allait ensemencer le monde entier.

Il me conduisit par un dédale de rues désertes jusqu'à la Piazza San Sepolcro.

Tout en marchant, il frappait dans ses mains comme pour prévenir des guetteurs, et peut-être en effet notre itinéraire était-il surveillé par ces silhouettes que je voyais traverser le brouillard.

Puis ce fut la lumière éclatante d'un salon : une centaine de personnes rassemblées autour de ce Mussolini qui exaltait ce qu'il appelait la « volonté de l'Italie ». Elle prenait forme ici, disait-il, dans ces Faisceaux italiens de combat.

— Nous sommes les fascistes ! martelait-il. Comme la prochaine attaque du bolchevisme est imminente et sera dirigée sur Milan, Turin, Bologne, il faut qu'ici, avant tout, soit élaboré le contrepoison capable de juguler le péril qui menace l'Italie… Pour la défendre, nous sommes prêts à tuer et à mourir !

Ils prêtèrent serment sur un drapeau noir où étaient brodés une tête de mort, des poignards et des tibias entrecroisés.

Fasciste : j'ai vu naître ce mot en 1919, sans doute au mois de mars.

C'était l'un de mes premiers voyages loin de Paris, au temps où Lucie Mourier m'enlaçait encore avec tendresse, me demandant de rester près d'elle et de lui faire un enfant. Je me dérobais. Libre, libre : voilà ce que je voulais rester !

Il me fallait quitter Paris où, sans doute à cause de Lucie, mais pas seulement, je me sentais étouffer. Des heurts violents y opposaient grévistes et policiers. Clemenceau n'avait pas hésité à faire charger des cortèges qui avançaient, précédés par les voitures d'une centaine d'anciens combattants invalides, leurs décorations scintillant sur leurs poitrines. On les avait renversés, piétinés, molestés, arrêtés.

Cependant, ce brouillard si tenace et froid dans les autres villes d'Europe se dissipait vite à Paris.

Les femmes portaient des robes de plus en plus courtes, dévoilant même, chez certaines, les genoux. Elles cachaient leurs cheveux bouclés sous des chapeaux-cloches qui leur couvraient la tête comme des coiffes de nouveau-né. Elles avaient abandonné leurs bottines pour des chaussures qui laissaient voir les chevilles, les pieds, et de leurs talons hauts elles frappaient en conquérantes les trottoirs de l'avenue de l'Opéra ou des Grands Boulevards.

— Des garçonnes, disait Barruel en les regardant avec concupiscence, tout en dénonçant dans ses articles cette mode outrancière qui détruisait la féminité au bénéfice d'une vulgarité proche de l'outrage aux bonnes mœurs.

Barruel avait été député du Bloc national, ce grand rassemblement qui avait remporté les élections, tout comme d'autres journalistes – ainsi Albert de Varin – qui, aux yeux de l'opinion, incarnaient le retour à l'ordre « d'avant la guerre », la volonté de faire payer l'Allemand, celle de faire taire ces braillards qui envahissaient les rues, brandissant des drapeaux rouges, réclamant des hausses de salaire, la paix pour toujours grâce à la Société des Nations, la solidarité avec les soviets.

Marius Bardet était de ceux-ci.

Il avait ouvert un cabinet médical proche de la place de la République, rue de la Pierre-Levée. Il soignait gratuitement et conseillait les anciens combattants gazés, malades, invalides – dans le pays, on en comptait plusieurs millions ! – qui tentaient d'obtenir une pension. Il était révolté par les refus que la plupart d'entre eux essuyaient de la part de l'autorité militaire.

— On leur a pris leurs jambes, leurs yeux, leurs bras, leurs poumons, leur visage, hurlait-il, et on n'est pas capable de leur donner quarante francs ! Après cette guerre, il n'y a plus de légitimité morale. Tout vaut mieux que cette hypocrisie criminelle. Ah, nous avons combattu au nom du droit. Voyez-le mis en application, le droit !

Je rentrais de Milan. Lucie Mourier m'attendait chez moi et je l'avais aimée. C'était dans les premiers jours d'avril 1919. Pour la première fois, j'avais pu m'asseoir sur le petit balcon que le soleil inondait encore. Lucie chantonnait dans la chambre et j'avais été tenté de me lever, de la rejoindre, de lui dire qu'elle devait se laver avec soin, qu'elle m'avait retenu, qu'elle en portait seule la responsabilité, que je ne voulais pas d'enfant, qu'elle le savait, mais que je tenais à le lui répéter.

Libre, libre !

Je voulais repartir. Je n'étais pas homme à m'enraciner.

Mais le soleil était doux. Le chant de Lucie, joyeux, se mêlait à celui des oiseaux qui voletaient autour des premières feuilles, d'un vert si léger, des arbres du boulevard.

J'ai cru ce jour-là, pour quelques heures – peut-être seulement quelques minutes, le temps de renoncer à rejoindre Lucie pour la morigéner –, que les menaces, avec la fin de l'hiver, s'éloignaient.

On négociait la paix à Versailles. On disait que Clemenceau s'était remis des blessures superficielles – trois balles, cependant, l'avaient touché – qu'un anarchiste lui avait infligées en tirant sur lui. Le Tigre avait rentré ses griffes devant Wilson. Il avait renoncé à l'occupation de la rive gauche du Rhin en échange d'une garantie américaine.

— Peut-on vraiment y compter ? m'avait demandé le capitaine Lévy qui appartenait toujours au cabinet de Clemenceau et l'accompagnait chaque jour à Versailles où avaient lieu les réunions de la conférence de la paix. Quand je regarde Wilson, avait poursuivi l'officier, je le crois sincère. L'autre jour, Clemenceau m'a confié qu'il avait l'impression d'être tombé, avec lui, « sur le seul homme qui croit s'y connaître en paix depuis Jésus-Christ » ! Et d'ajouter : « C'est ce qu'on pourrait appeler une conscience, mais je crains que ce ne soit une conscience avec des œillères... » Et vous, qu'en pensez-vous, Finlay ? Avons-nous raison de troquer ce que nous pouvons conquérir contre des promesses que les successeurs de Wilson ne se seront pas engagés à tenir ?

Je n'avais su répondre que par une mimique indécise, puis j'avais ajouté que, de toute manière, on ne pouvait espérer contraindre l'Allemagne par une occupation armée.

J'avais entendu les rafales de mitrailleuse, à Berlin, en janvier 1919. J'avais caché dans ma chambre Elisabeth Volner, cette amie de Jaurès qui, libérée de prison en novembre 1918, après l'armistice, avait rejoint les rangs des spartakistes et avait échappé aux officiers qui avaient assassiné deux leaders révolutionnaires, Rosa Luxemburg et Karl Liebknecht.

— Le nationalisme des Allemands, avais-je ajouté, leur haine de ceux qui, estiment-ils, ne les ont pas vraiment vaincus : vous autres, Français, et nous, Américains, sont encore plus forts qu'avant 1914.

— Alors, désespérons ! avait répondu Lévy. Notre Grande Guerre ne sera donc qu'un premier acte. Un second suivra. Nous nous entre-massacrerons encore. C'est ce que vous pensez, n'est-ce pas, Finlay ?

Il ne faut pas prononcer certains mots, ils donnent des contours à une réalité qui ne demande encore qu'à rester imprécise, indistincte.

Je m'étais donc tu.

Mais Marius Bardet est venu nous voir, cet après-midi où nous avions fait l'amour sans précautions, Lucie et moi, parce qu'elle l'avait voulu ainsi et que je n'avais pas eu assez de volonté pour résister à la pression de ses deux mains sur mes reins, à son corps collé au mien, et parce que l'instinct y trouvait sans doute son compte.

J'ai quitté le balcon, le soleil, les bourgeons et les oiseaux, j'ai vu les larmes dans les yeux de cet homme, son rictus de désespoir et de colère.

— Je vous parlais du droit ! s'est-il écrié. Nous sommes la nation qui a fait la guerre pour que triomphe le droit, c'est bien cela, n'est-ce pas ? Savez-vous ce qu'ils ont fait avec le droit ? Ils viennent d'acquitter l'assassin de Jaurès et de condamner sa veuve aux dépens ! Elle va payer les frais du procès ! Son mari a été assassiné ; l'assassin, au lieu de crever dans les tranchées, comme des millions d'entre nous, est resté quatre ans à l'abri dans sa cellule ! Le fils de Jaurès, que j'ai vu naître, l'aspirant Louis Jaurès, a été tué le 3 juin 1918 à la tête de ses hommes. Vous savez ce qu'il disait : « Quand on a l'honneur d'être le fils de Jean Jaurès, on doit donner l'exemple… L'internationalisme philosophique n'est point incompatible avec la défense de la Patrie quand la vie de celle-ci est en jeu ! » Et vous croyez qu'on peut accepter cela ? On manifeste : nous allons, pour la première fois depuis 1914, occuper la rue. Venez avec nous, Finlay ! Venez !

J'ai marché parmi cent mille autres.

J'ai entendu ces chants qui font frissonner, dans lesquels on évoque la « Lutte finale », l'Internationale et « le genre humain », ce « sang impur qui abreuve nos sillons »…

Les drapeaux rouges claquaient par cette journée de printemps, et rien, ni les poitrines des sergents de ville en pèlerine noire, ni le poitrail des chevaux montés par les gendarmes, n'aurait pu entraver ce flot d'indignation, de révolte et d'enthousiasme, de colère et d'espérance mêlés.

Je suis rentré chez moi en traversant une ville qui avait été mise en état de siège par Clemenceau.

— Il ne laissera pas le pays sombrer dans le chaos, m'avait confié le capitaine Lévy. Or c'est ce que veulent les partisans des soviets. Ils étaient les ennemis de Jaurès, qu'ils trouvaient pusillanime, et ils s'emparent maintenant de sa mémoire. Ils contestent l'acquittement de son assassin. Mais c'est un jury d'assises composé de citoyens libres qui l'a prononcé ! La France ne veut pas de la révolution, elle ne veut pas de la dictature du prolétariat que les bolcheviks entendent imposer à l'Europe entière. Ils l'ont tenté en Allemagne : vous étiez à Berlin, en janvier, vous l'avez constaté. Ils vont recommencer. Ils essaient à Turin. Ils s'organisent ici. C'est la révolution mondiale qu'ils veulent et qu'ils visent.

Marius Bardet ne me l'avait pas caché, tout au long de ce cortège. À Moscou, les bolcheviks mettaient sur pied une IIIe Internationale des travailleurs. Celle-là, affirmait Bardet, ne capitulerait pas, comme l'avait fait en 1914 celle de Jaurès. Celle-là mènerait jusqu'à la victoire des prolétaires la guerre révolutionnaire.

— Rejoignez-nous, Finlay ! Les États-Unis ne peuvent pas rester en dehors de ce mouvement qui soulève tous les pays. C'en est fini de l'impérialisme ! C'est exaltant, c'est la seule chance de l'humanité !

On commençait à murmurer – Lévy, puis Albert de Varin, mais également le commandant Rebeirolles, qui dirigeait maintenant tous les services de renseignement, me l'avaient confirmé – que Rosa di Bellagio jouait dans la nouvelle organisation un rôle majeur. Elle était chargée d'en organiser dans chaque pays d'Europe une section. Bardet m'avait confié qu'il devait se rendre à Moscou pour l'y rencontrer.

— Vous la connaissez, n'est-ce pas ? Vous vous souvenez aussi d'Hélène Laborde ?

Je revoyais cette institutrice aux cheveux gris qui, bénévolement, soignait les blessés au Val-de-Grâce. Je l'avais retrouvée dans les premières réunions qui s'étaient tenues, en Suisse, entre adversaires de la guerre. Elle venait d'être libérée de prison et avait rejoint les partisans des soviets que Bardet regroupait. C'était elle qui avait évoqué mes relations avec Rosa di Bellagio.

— Venez avec nous ! avait répété Bardet.

Et il avait entonné avec la foule ce refrain qui affirmait :

C'est la lutte finale,
Groupons-nous et demain
L'Internationale
Sera le genre humain...

Je ne l'avais pas chanté et j'avais préféré quitter le cortège. Au fur et à mesure que je m'éloignais et marchais seul, la fraternité, cette chaleur des corps qui m'avait fait, le temps d'un défilé, rêver que je pourrais partager l'espoir de cette foule, s'était dissipée.

J'étais à nouveau libre mais solitaire. Mes pas résonnaient au long des rues désertes.

Quand je passais près des gendarmes et des soldats qui formaient à chaque carrefour ou sur les places comme de noirs grumeaux, leurs casques et les canons de leurs fusils brillant dans la pénombre, je mesurais la vanité des illusions – fussent-elles généreuses – de Marius Bardet.

Non, la révolution ne triompherait pas.

Lévy avait raison : la France, mais aussi bien l'Allemagne et l'Italie ne le voulaient pas. Dans ces pays, les armées ne s'étaient pas défaites, comme en Russie.

J'avais vu les mitrailleuses en batterie dans les rues de Berlin. J'avais entendu le serment des fascistes à Milan. Je voyais ici les escadrons de gendarmes faire crisser sur les pavés les sabots de leurs chevaux. Là était la force. Pourquoi l'affronter alors que je savais comment Lénine, Peschkov ou Parvus gouvernaient en Russie, massacrant avec la même indifférence qu'à Berlin ceux qui s'opposaient à eux ?

Je savais trop combien pouvait être implacable et cynique Rosa di Bellagio pour ne pas l'imaginer, poussant les hommes dans les rues des villes d'Europe comme sur l'échiquier, on fait des pions qu'il faut sacrifier pour sauver la reine.

Je me souvenais des récits d'Anton Gratchev, des propos de tel ou tel bolchevik qu'il m'avait rapportés – c'étaient les paroles de Lénine, de Peschkov ou de quelque autre dont le nom commençait à être connu, tel ce Staline qui était, disait-on, l'un des maîtres discrets du parti bolchevique et qui détestait, selon Gratchev, Rosa di Bellagio, ces anciens aristocrates ou ces ci-devant bourgeois qui avaient rallié les rangs de la révolution. Ces bolcheviks-là répétaient : « Notre parti est pour la guerre civile, oui, longue vie à la guerre civile ! »

Je l'avais vue se déployer à Berlin, à Munich, à Turin.

Je pensais à cette boue noirâtre et rouge que devenaient les corps d'hommes lorsqu'ils gisaient, écrasés dans les rues de ces villes. Je songeais à la phrase de cet autre bolchevik, Trotski – mais l'un ou l'autre et même Rosa di Bellagio auraient pu la prononcer –, qui avait dit : « Nous devons mettre fin une fois pour toutes à la fable religieuse sur le caractère sacré de la vie humaine ! »

Ces hommes-là étaient fils de la barbarie de la guerre. Ils voulaient la prolonger à leur profit. Ils avaient été témoins de la grande boucherie. Ils avaient appris à tuer, à dormir entre les cadavres. Ils pensaient que le monde nouveau qu'ils voulaient bâtir – « Le monde va changer de base ! » clamaient-ils – ne pouvait l'être que sur des charniers. Eux aussi étaient les serviteurs, les pourvoyeurs de Moloch.

C'est dégrisé que je suis arrivé chez moi. Dès que j'ai eu poussé la porte, j'ai su que l'appartement était vide et que Lucie Mourier était partie.

D'abord, je n'en ai pas été affecté. Après cette longue marche parmi la foule, cette brève ivresse, j'avais besoin d'être seul. Je me suis allongé sur le lit défait. J'ai pensé que, décidément, il fallait être fou, en une pareille époque, pour donner la vie. Celle-ci – mais peut-être était-ce vrai de toutes – était vouée au meurtre, comme si la guerre avait en effet fait oublier le « caractère sacré de la vie humaine ». Et un assassin – ce Landru dont tous les journaux rapportaient les crimes – pouvait parader dans le box des accusés, niant l'évidence, ces femmes qu'il avait tuées et dont les corps avaient disparu, tout comme, naguère, ceux des soldats qu'un obus frappait de plein fouet et dont il ne restait rien qu'une tache rougeâtre – et la souffrance de ceux qui les avaient aimés.

J'ai somnolé, puis je me suis installé à mon bureau pour mettre à jour les notes que j'avais accumulées depuis le début de l'année.

J'avais renoncé à écrire des chroniques régulières, publiant des reportages au gré des événements et de ce que je voyais au cours de mes voyages.

J'ai découvert sur la table un feuillet écrit en grosses lettres – chacune calligraphiée comme un dessin –, et il avait fallu sans doute beaucoup de temps à Lucie Mourier pour composer ces phrases-là :

« *Chris, c'est moi qui ai voulu. Ne te soucie de rien.*

« *Si… Mais je ne veux même pas écrire ce qui peut "naître".*

« *Si donc… Tu ne te soucieras de rien. Tu n'es responsable de rien.*

« *Tu es libre. Tu le resteras.*

« *Lucie – une lionne qui va gagner*
le sommet de la montagne. »

Je n'avais pas encore feuilleté le livre de contes et peut-être Lucie ne l'avait-elle pas encore écrit. Mais, ce soir-là, j'ai ressenti cette liberté que Lucie ne me contestait pas – au contraire – comme une pauvreté, un abandon.

18

Je n'ai appris la naissance de mon fils que le 7 janvier 1923.

J'avais trente-six ans ce jour-là.

J'arrivais de Duisburg, cette ville de la Ruhr que les troupes françaises venaient d'occuper. Je les avais précédées, parcourant le bassin minier et les aciéries, respirant cette poussière de charbon, ces fumées rousses des hauts fourneaux qui donnaient à l'air un goût âcre et soufré, et qui collaient à la peau.

J'avais assisté aux assemblées de mineurs que des orateurs – parfois des officiers en uniforme – haranguaient. Les bras des ouvriers se levaient au terme des discours. On votait la grève générale pour empêcher les Français, dont on annonçait la venue, de se saisir des richesses allemandes : ce charbon et cet acier qu'ils voulaient voler alors qu'ils n'avaient pas vraiment gagné la guerre ; seules la trahison des « rouges » et l'aide des Américains leur ayant permis de l'emporter. C'était donc une victoire elle aussi dérobée.

Et maintenant ces Français voulaient s'emparer d'un « gage productif », comme ils disaient, ils s'apprêtaient à occuper la région la plus riche d'Allemagne pour obtenir le versement de « réparations » auxquelles, à les entendre, ils avaient droit ! Et c'était Poincaré, celui qui était responsable de la guerre, redevenu président du Conseil, qui avait décidé cette occupation.

— Allemands, mineurs, ouvriers des aciéries, patriotes, tous ensemble contre les voleurs ! Grève contre l'occupation !

Des jours durant j'avais écouté pareils discours à Duisburg et Gelsenkirchen, à Cologne et Düsseldorf.

Je n'en étais pas surpris. Cela faisait des années – depuis le mois de janvier 1919, en fait – que j'entendais ces thèmes inlassablement repris par ces officiers à la peau tannée, aux corps maigres, aux uniformes élimés mais aux yeux flamboyants, qui traquaient les spartakistes, les « rouges », dans toute l'Allemagne. Ils avaient constitué des *Freikorps* – des corps francs – pour reconquérir les terres germaniques à l'est, dans ces grandes plaines où le sol finit par se confondre avec la mer Baltique, là où les négociateurs de Versailles avaient découpé des frontières pour satisfaire les Polonais, et, de même plus au sud, dans les monts de Bohême afin de permettre aux Tchèques de constituer leur État.

J'imaginais ce qu'allaient ressentir ces hommes-là, qui se croyaient injustement humiliés et qui se prétendaient trahis, rançonnés, quand ils verraient Cologne, Düsseldorf et la Ruhr occupés par les troupes françaises.

J'avais pu mesurer leur rage et leur haine, leur désir de revanche, un jour de décembre 1919, à Munich.

J'étais entré dans l'une des brasseries au cœur de la ville, où s'affrontaient les spartakistes et ceux qu'on appelait les *Frontkämpfer*, les « soldats du Front », ces anciens combattants qui refusaient une capitulation que seuls expliquaient les coups de poignard dans le dos donnés par les révolutionnaires. N'avaient-ils pas, quatre années durant, occupé le sol de France ? Jamais encore ils n'avaient permis qu'un ennemi vînt souiller celui de leur mère patrie. Et maintenant les « rouges », les responsables de la défaite, voulaient répandre la révolution en Allemagne ! Cela, ils ne le permettraient jamais. Ces traîtres méritaient la mort.

Et ils tuaient, en effet.

Toute la journée, on avait tiré dans les rues de Munich, puis le brouillard avait étouffé les détonations et recouvert les corps étendus sur la chaussée.

Ç'avait donc été une journée semblable aux autres, grise et meurtrière.

Dans la brasserie, des hommes en uniforme étaient attablés. Tous portaient un brassard noir.

Leurs tables formaient un cercle au centre duquel un homme, debout, parlait.

La salle était plongée dans la pénombre, mais le visage de l'orateur était éclairé par une lumière jaune qui tombait d'un vasistas au verre coloré, translucide.

J'avais reconnu les traits martelés de Karl Ziegler. On eût dit un spectre portant un masque effrayant, avec ce trou de l'œil crevé au centre de la peau tendue, ce crâne cabossé, ce menton brisé.

Son visage bosselé exprimait la violence. Il haranguait la salle avec des phrases hachées, proférées d'une voix au timbre métallique, sa main mutilée et gantée cisaillant l'air de mouvements rapides – j'avais eu l'impression qu'il tranchait des têtes.

Il fallait, disait-il, « châtier les traîtres à la mère patrie pour qui tant des nôtres ont donné leur vie ».

Il tournait la tête de gauche et de droite comme s'il avait voulu qu'aucun de ses auditeurs ne pût ignorer les blessures qui le défiguraient, qui lui donnaient le droit de parler au nom des *Frontkämpfer*, de toute la *Reichswehr*, de justifier ces assassinats qui n'étaient qu'un juste châtiment des traîtres, ces *Vaterlandsverra¨ter*, fils indignes qui ne méritaient pas de vivre.

Les hommes l'écoutaient, ne quittant pas des yeux son visage, martelant les tables du plat de la main – ce rythme sourd résonnant dans la salle comme un roulement de tambours.

À la fin, ils s'étaient dressés et eux aussi, comme les fascistes de Milan, avaient prêté serment, bras tendu.

Karl Ziegler était venu vers moi et avait posé sa main gauche sur mon épaule.

— Je n'ai pas attaqué votre pays, puisque vous étiez là, Finlay, avait-il expliqué. La France nous suffit – il avait hoché la tête – pour le moment... D'ailleurs, vous savez comme moi que le Congrès n'approuvera pas les engagements que prend Wilson. Et c'est tant mieux pour vous. Laissez-nous régler nos affaires...

De la sueur coulait le long de ses joues ; des gouttes se glissaient jusque dans la cavité de l'œil. Ses lèvres étaient humectées de salive.

— Ce n'est pas facile, ici, avait-il marmonné. Vos amis bolcheviques... Mais oui, vous avez aussi des amis dans ce camp-là. Nous savons que vous avez, à Berlin, caché et protégé Elisabeth Volner. Elle nous a filé entre les doigts. Mais écoutez plutôt ce qu'elle écrit maintenant...

Il avait déplié devant moi un journal grossièrement imprimé, *Die Rote Fahne*. Il avait lu :

« *L'Allemagne doit devenir une République des soviets, et, en union avec la Russie, le tremplin de la victoire à venir de la Révolution mondiale et du socialisme mondial !* »

Il avait poussé le journal vers moi. Je devais le garder, m'avait-il dit, en reproduire les propos afin que l'on sache, aux États-Unis, mais aussi à Paris, qu'en Allemagne se jouait le sort du monde.

— Bolchevisme ou pas, telle est la question que nous avons à résoudre, nous comme vous, Finlay. Et il n'y a pas trois camps, mais deux seulement, comme, au front, une tranchée face à l'autre tranchée. Dans laquelle combat-on ? Voilà ce qu'il faut savoir pour chaque homme. La lutte est impitoyable. Elle va le devenir davantage encore. On n'accorde aucun pardon. L'autre jour, ici, à Munich, mes hommes ont arrêté un groupe d'une dizaine de jeunes infirmières. Elles étaient armées de pistolets. Ils les ont aussitôt abattues. Ce sont ces femmes-là, en blanc, arborant un brassard de la Croix-Rouge, qui nous tirent dans le dos quand nous les laissons passer. Voyez-vous, Finlay, les formes neuves se façonnent dans le sang, le pouvoir se saisit d'une poigne forte qui ne tremble pas.

Il avait crispé sa main mutilée.

— Nous n'accepterons pas ce qui sortira de cette conférence de la paix. À Versailles, Clemenceau et même Wilson cherchent à nous déshonorer. Ils veulent nous transformer en une nation de nègres ! Comment peuvent-ils croire que nous les laisserons faire ?

Il avait montré les hommes attablés, leurs armes, leurs casques posés à leurs pieds.

— La *Reichswehr* n'est pas seule, avait poursuivi Ziegler. Nous sommes le fer de lance, la baïonnette, mais nous, les *Stosstruppen*, nous allons entraîner tout le peuple, les ouvriers, tous ceux qui se sentent et se veulent allemands. Nous nous débarrasserons des autres. Les Juifs, d'abord : qu'ils aillent en France ou chez vous, mais qu'ils cessent d'empoisonner le peuple allemand ! D'ailleurs, ils ont tous choisi le bolchevisme. Ce sont eux qui l'ont pensé, ce sont eux qui le répandent. Vous vous souvenez de Paul Adler, ce Viennois, notre confrère à Paris ? Il a préféré passer la guerre en Suisse aux côtés de Lénine. C'est devenu l'un de leurs chefs, chargé de l'Allemagne au sein de leur Internationale. Mais Juifs et bolcheviks, ce n'est là que moisissure ! Nous raclerons, comme on nettoyait la boue qui, dans les tranchées, collait à nos capotes. Car le tissu, sous cette saleté, est sain. C'est notre Allemagne, Finlay !

Quelques jours plus tard, à la Hofbrauhaus, l'une des plus populaires brasseries de Munich, j'ai rencontré, dans l'arrière-salle éclairée seulement par une lampe à gaz, les premiers membres du Parti des ouvriers allemands sur lequel Ziegler comptait pour briser l'influence des spartakistes parmi le peuple.

Ils m'étaient apparus comme plus violents, plus haineux encore que les hommes de la *Reichswehr*.

Ils n'étaient pas en uniforme, mais ressemblaient à des soldats maladroitement déguisés, avec leurs pantalons, leurs capotes militaires reteints. Ils portaient des bottes de guerre, et souvent un chapeau informe comme pour tenter de se donner une apparence civile. Ils tenaient à la main de gros gourdins sur lesquels ils s'appuyaient comme s'il s'agissait de cannes.

Ils dénonçaient les « rouges », les Juifs, les Français, ces « nègres de l'Europe ».

Ils arboraient un brassard rouge, noir et blanc, avec en son centre la svastika. L'un d'eux m'expliqua qu'elle avait été l'emblème des chevaliers teutoniques qui, au bord de la Baltique, avaient construit la Prusse, au XIIIe et au XIVe siècle, en conquérant les terres et en refoulant les peuples slaves. Cette croix gammée représentait la roue du soleil, ou le cycle de la vie. Le mot *svastika* signifiait « tout est tout ». Il était d'origine sanskrite.

Cette croix exprimait le sens des combats d'aujourd'hui, identique à celui mené autrefois par les Aryens et les chevaliers teutoniques contre les « races corruptrices ».

Et d'abord, en l'occurrence, contre les « Juifs rouges », ceux qui voulaient la révolution mondiale, un aboutissement qui signifiait en fait, disaient-ils, le triomphe de la finance mondiale, donc des maîtres de l'argent – les Juifs !

Durant des années, entre 1919 et 1923, j'ai côtoyé, j'ai écouté, j'ai observé ces hommes enragés, souvent affamés et misérables, prêts à mourir et à tuer.

Je les ai vus s'organiser, se rassembler.

Karl Ziegler est venu à la Hofbrauhaus rencontrer les membres du Parti des ouvriers allemands qui, peu de temps après, en 1920, s'est transformé en *Nationalsozialistische Deutsche Arbeiter Partei*. Et j'ai vu Ziegler glisser sur sa manche le brassard rouge-noir-blanc à croix gammée.

Je l'ai entendu présenter aux hommes de la *Reichswehr* un orateur aux gestes saccadés, aux yeux fixes, dont le visage se couvrait de sueur sitôt qu'il avait prononcé quelques phrases exaltées ; les auditeurs se levaient, l'acclamaient. J'ai serré la main moite de cet homme, un valeureux *Frontkämpfer* décoré de la Croix-de-Fer – c'est ainsi que le qualifiait Ziegler –, et j'ai donc appris que ce caporal Hitler avait fait une guerre héroïque, estafette courant sous le feu d'un poste de commandement à l'autre. Il avait été gazé, frappé de cécité durant plusieurs semaines.

Hitler formait avec Ziegler un couple fascinant. Le 8 novembre 1923 – lors de mon dernier séjour en Allemagne –, je les ai vus parader dans les rues de Munich, encadrés par des dizaines d'hommes casqués portant tous le brassard à croix gammée, lors de cette tentative de putsch imitée de celle que Mussolini avait réussie en octobre 1922.

Mussolini avait marché sur Rome à la tête de ses fascistes en chemises noires et avait obtenu du roi qu'il le nommât président du Conseil.

À Munich, Karl Ziegler et Adolf Hitler encadraient le général Ludendorff. Mais la police avait ouvert le feu. Je m'étais jeté à terre, comme tous ceux qui défilaient. Puis nous avions fui, pourchassés par les camions chargés de policiers.

— Ils ne nous écraseront pas ! m'avait soufflé Ziegler sous le porche où nous nous étions réfugiés. Le monde entier ne nous a pas vaincus. Croyez-vous vraiment que nous allons être battus par une poignée de policiers allemands qui pensent comme nous ? Finlay, je vous recevrai bientôt dans les salons de la Chancellerie, à Berlin, et je vous traiterai en ami de l'Allemagne…

J'ai préféré quitter ce pays, cette Europe où, malgré les traités de paix signés à Versailles dès le 28 juin 1919, malgré le commun désir de jouir et de danser, celui des femmes d'exhiber leurs jambes, celui des hommes de les aimer et de se laisser emporter par ce qu'on commençait à appeler les « années folles », malgré la lassitude et l'épuisement des anciens combattants, leur espoir de vivre en paix, j'étais sûr que la guerre – une guerre encore plus grande que la Grande Guerre – allait renaître de ses cendres qui continuaient à rougeoyer.

J'en ai été intimement persuadé, sans que subsistât une seule parcelle d'espoir en moi, quand, dès le début de janvier 1923, j'ai accompagné les troupes françaises qui, exécutant l'ordre de Poincaré, devenu président du Conseil, entraient dans la Ruhr.

J'ai marché sur les trottoirs de Duisburg et de Gelsenkirchen.

Les fantassins français avançaient en file indienne de part et d'autre de la chaussée, casqués, le fusil pendu à l'épaule, les pans de leur capote bleue relevés.

Il s'agissait souvent de Sénégalais ou bien de tirailleurs algériens ou marocains.

J'ai entendu les propos haineux des passants allemands, des ouvriers pour la plupart. Ils dénonçaient cette occupation par les « nègres », cette humiliation que leur imposaient les Français – des « voleurs », comme toujours. Voleurs de charbon, d'acier, de victoire, de femmes !

J'ai entendu les premiers coups de feu.

Je savais que les hommes de Ziegler et ceux du nouveau parti, celui de Hitler, commettraient des attentats, des assassinats. Déjà, ils avaient abattu l'un des négociateurs de l'armistice, Enzberger, et l'un des ministres qui avaient accepté le traité de Versailles, Rathenau.

Et pendant ce temps-là – comme si c'était cela qui était en train de se produire dans la Ruhr ! – Marius Bardet, devant les ouvriers parisiens, s'écriait : « Si les soldats rouges venaient sur les bords du Rhin, c'est nous-mêmes, camarades, qui irions leur ouvrir les portes de nos villes et les saluerions au nom de tout le prolétariat ! »

J'ai découvert ces propos à mon retour à Paris après que le commandant Rebeirolles, chargé de la sécurité, de la police et du renseignement dans les villes allemandes occupées, m'eut signifié, dans le bureau de la mairie de Duisburg, où il s'était installé, un arrêté d'expulsion qu'il venait de prendre à mon encontre :

— Je vous protège, cher monsieur Finlay, des fanatiques allemands, alors même que vous les connaissez, m'avait-il dit. Karl Ziegler, votre ami, ne peut pas contrôler chacun de ses hommes – des terroristes, comme vous le savez. Et ce qui va se passer ici est propice aux actes extrêmes. Et puis, il y a parmi nous, je vous l'avoue, quelques fous qui ne seraient pas mécontents de faire payer à un Américain les fausses promesses du président Wilson, et notre abandon par votre pays auquel nous avions fait confiance.

Il m'avait tendu une copie de l'arrêté et m'avait confié à deux officiers qui devaient me reconduire à la frontière. Il avait ajouté :

— Vous serez mieux à Paris... et mieux encore chez vous, aux États-Unis. De toute façon, bon voyage, Finlay !

Je suis rentré chez moi le 7 janvier 1923.

J'ai trouvé dans l'entrée une longue enveloppe bleue qu'on avait dû glisser sous ma porte.

Je n'ai pas reconnu l'écriture.

J'ai d'abord pensé qu'il s'agissait d'une lettre de Bardet ou de l'un de ses camarades qui, prévenu de mon expulsion, m'assurait de son soutien et m'invitait sans doute à participer à l'une des réunions qu'il tenait à Paris au nom du jeune Parti communiste pour dénoncer « la politique criminelle, aventureuse et folle de Poincaré », proclamer « la solidarité des ouvriers français avec le prolétariat allemand » et « la nécessité de la révolution socialiste mondiale ».

Sur l'enveloppe, mon nom était tracé à l'encre violette, les pleins et les déliés parfaitement marqués. Peut-être Hélène Laborde, qui avait été institutrice et qui était devenue l'une des dirigeantes communistes, avait-elle rédigé et déposé cette lettre ?

J'ai déchiré l'enveloppe.

Je n'ai trouvé à l'intérieur que la photographie d'un petit garçon brun, debout sur une jetée.

Derrière lui, l'océan : les vagues énormes qui déferlaient se brisaient contre la digue, l'écume envahissant une grande partie du ciel.

Je me suis assis à mon bureau. J'ai allumé la lampe.

Le visage rond de cet enfant me rappelait celui de George Lewis et il me semblait même que j'avais assisté à la prise de ce cliché, non loin de notre propriété, sur cette côte rocheuse du Nord-Est où de nombreux petits ports comme celui qui était photographié avaient été aménagés. Ma mère avait dû prendre cette photo-là.

Mais non, ce n'était pas mon frère. Je l'ai su alors même que je tentais de m'illusionner.

J'ai retourné la photo.

J'ai lu ces quelques mots en violet :

« *La lionne vous présente le lionceau, Henri-François Mourier, né le 25 décembre 1919.* »

19

Cette petite silhouette sur la jetée, cet enfant que les vagues de l'océan paraissaient menacer, c'était donc mon fils.

Je n'en ai pas douté.

J'ai placé sa photo contre un livre, sous la lampe de mon bureau.

Il se tenait les bras le long du corps, ses cheveux noirs masquant son front, ses yeux petits, rapprochés, enfoncés dans un visage rond. Il semblait résolu, fier même, jambes écartées, poings fermés, le menton un peu levé.

Il avait donc trois ans.

Je me suis souvenu de cette journée du printemps 1919, de l'intuition et de l'inquiétude que j'avais éprouvées. Je m'étais tu après avoir cédé au désir, au plaisir instinctif, peut-être au besoin de transmettre la vie. Lucie, elle aussi, avait su. Elle m'avait écrit – à l'encre violette, déjà – pour m'annoncer qu'elle partait, lionne, pour le sommet de la montagne, me laissant libre, sans aucune responsabilité.

Mais qu'avais-je fait de cette liberté durant ces trois années au cours desquelles cet enfant, mon fils, avait appris à reconnaître ceux qui l'aimaient, ceux qui lui avaient enseigné les premiers mots, qui lui avaient tenu la main pour ses premiers pas, qui l'avaient soulevé à bout de bras pour lui montrer un navire au loin, au-delà de la jetée, lui faire découvrir le rêve et l'horizon ?

Moi, je l'avais abandonné avant qu'il ne voie le jour.

Je m'étais soucié de l'élection de Georges Clemenceau à la présidence de la République et je m'étais indigné quand, en janvier 1920, la coalition des médiocres, des envieux, des timorés, des modérés, avait fait battre le Tigre.

— Le temps est à la chasse aux fauves ! avait ricané Maurice Flécheux. On préfère les moutons ou les ânes.

Ils avaient élu Deschanel, un homme lisse, guindé, aux yeux vagues. On allait le retrouver quelques mois plus tard, en pyjama, sur une voie ferrée, descendu du train présidentiel, en proie à un doux égarement.

Et je m'étais moqué des Poincaré, des Briand, des Jules Farlat, des Barruel, des Varin, des ennemis et des fidèles de Clemenceau qui avaient porté ce pauvre homme à la présidence, le préférant au Père la Victoire !

— Un vieillard, ne l'oubliez pas, mon cher, et qui nous a perdu la paix, avait épilogué Varin.

Libre, c'était donc ça : écouter les propos des Varin, rapporter les petites intrigues, les haines et les jalousies de ces hommes et de ces femmes que je côtoyais sur les tribunes ? Et ils se congratulaient les uns les autres cependant que caracolaient les maréchaux Pétain, Foch et Joffre en tête du défilé du 14 juillet 1919.

Mais, devant les troupes, s'avançaient les voitures des invalides, des amputés, des aveugles, des gueules cassées. Fugace moment de silence avant que le babil des gens importants ne reprenne.

J'étais parmi eux, libre !

Tandis que Varin me parlait, je frôlais la hanche et la cuisse de Maïa Lobatchevsky, réapparue, expliquant qu'elle était allée présenter à Milan et à Londres les tailleurs et les robes de Coco Chanel.

Nous nous étions retrouvés non pas chez elle, avenue Montaigne, mais au Plaza, à quelques centaines de mètres de là, et j'avais aimé qu'elle exigeât de moi qu'après l'avoir invitée à dîner, je la paie pour obtenir d'elle – ainsi qu'elle me l'avait murmuré – « tout ce que vous voulez, tout, même le plus vicieux... ».

Ç'avait donc été mes trois années de liberté.

Les corps qui se louaient, ceux qui pourrissaient. J'étais passé des uns aux autres.

À Varsovie, durant l'été 1920, torride et poussiéreux, j'avais quitté une putain pour gagner le front, retrouver ces officiers français que j'avais connus durant la guerre – ainsi le commandant Montcel – et qui maintenant, encadrant les troupes polonaises, repoussaient les bolcheviks, desserraient le garrot dont les soviets avaient entouré la Pologne.

Montcel était l'adjoint du général Weygand.

Il m'avait montré les corps des Russes abattus, et, parmi eux, ceux de nombreuses femmes soldats, vêtues de blouses sombres, portant sur leur poitrine l'emblème de la faucille et du marteau.

— Ici, Finlay, personne ne fait le détail ! m'avait-il dit. C'est civilisation contre barbarie. Il faut élever un limes pour arrêter ces hordes. Nous partageons avec les officiers de la *Reichswehr* les mêmes racines. Nous avons le même code de valeurs. Nous ne constituons pas un vrai danger les uns pour les autres. Nous sommes rivaux, pas ennemis. Le péril est à l'est. De Königsberg à Varsovie : voilà le front de notre civilisation !

Puis je rentrai à Paris. C'était le froid gris de décembre 1920. Le docteur Marius Bardet m'accablait de tirades exaltées sur le salut que représentaient le bolchevisme, la Russie des soviets. Le prochain congrès socialiste, à Tours, allait voir surgir, du marécage politicien où pataugeaient derrière Léon Blum tous les socialistes de l'Union sacrée, responsables des massacres de la guerre, un Parti communiste révolutionnaire dont le programme était celui de la IIIe Internationale : le léninisme, la révolution mondiale. Les soviets, partout...

Libre, libre d'entendre Bardet, Hélène Laborde, et même ce Pierre Huart que j'avais vu avec Maïa Lobatchevsky et qui avait rejoint les rangs communistes.

— Un artiste se doit d'être révolutionnaire, n'est-ce pas ? Comment faites-vous, Finlay, pour rester à l'écart ? Vous n'êtes pas ébloui par ce soleil qui se lève, cette brûlante lumière, et qu'importe si en effet elle dévore quelques-uns d'entre nous ?

Quelques-uns ?

Au fil des mois, des centaines de milliers de morts, déjà, dont me parlait Anton Gratchev.

Là, à Kronstadt, Trotski avait fait fusiller des milliers de marins, trop révolutionnaires pour accepter la dictature qui se mettait en place.

On disait que Peschkov, le maître de la police politique – Tcheka, puis Guépéou –, s'était séparé de Rosa di Bellagio, que celle-ci avait disparu depuis lors, abattue d'une balle dans la nuque ou en fuite.

— Qui sait, peut-être allons-nous la revoir, un de ces soirs, chez la marquise Mosca-Visconti ?

Mais celle-ci avait choisi de vivre le plus souvent à Rome où, grâce à Mussolini, disait-elle, le peuple recouvrait une âme romaine. C'était cela qu'il fallait à l'Italie et au reste de l'Europe, ajoutait-elle, si on voulait empêcher le chaos de s'installer, la barbarie slave et les soviets de l'emporter.

J'avais de nouveau rencontré la marquise à l'occasion de l'un de mes voyages en Italie. C'était en décembre 1922, deux mois après la marche sur Rome des Chemises noires.

Mussolini était président du Conseil et je l'avais aperçu dans les salons du *palazzo* Mosca-Visconti, Piazza Navona, son cou serré dans un col cassé blanc, la veste de son smoking, tendue sur ses pectoraux, enserrant ses épaules massives.

Il m'avait donné une impression de force désordonnée. Il jetait des regards rapides de droite et de gauche, comme aux aguets. Il se tournait brusquement, dodelinait de la tête, la lèvre boudeuse.

Riccardo Capponi m'avait conduit jusqu'à lui – le rencontrer et l'interviewer était le but de mon voyage – mais Mussolini s'était contenté de m'écouter, refusant de répondre à mes questions, et, à la fin, il s'était borné à dire :

— Un Italien a découvert l'Amérique. Vous autres Américains, il vous faudra découvrir le fascisme, et cela aussi modifiera la face du monde !

Dans ces salons illuminés, bruissants, j'avais retrouvé le comte Vito di Spagnolo qui, pendant la guerre, au temps de la débâcle de Caporetto, m'avait hébergé dans sa caserne de carabiniers.

— Ce que j'apprécie chez un homme comme Mussolini, tout comme chez Capponi et la plupart des fascistes, m'avait-il dit, c'est qu'ils mettent l'énergie révolutionnaire née de la guerre au service de la tradition. Ce sont – le savent-ils ? je l'ignore : ils sont souvent si rugueux, si incultes ! – des disciples de César. Ils ont franchi le Rubicon, mais c'est pour rétablir l'ordre et instaurer l'Empire. Ils respectent le roi, et, pour des hommes comme moi, c'est ce qui compte. On dit que Mussolini reçoit régulièrement la marquise Mosca-Visconti. Vous la connaissez, c'est une femme d'influence. Elle a des amis dans toutes les capitales, et il faut que l'on comprenne là-bas l'importance de ce qui se passe ici.

Il avait ajouté que chaque pays serait bientôt placé devant un choix césarien :

— Vous n'y échapperez pas, aux États-Unis. Il faudra trancher entre le rouge et le noir. Cela n'aura rien de stendhalien ! Ce sera un choix cruel, mais nécessaire. Rome, une fois encore, donne l'exemple au monde.

Je ne voulais que choisir ma liberté avec ce que je croyais être de la désinvolture et qui n'était que du désespoir, du dégoût – de l'ennui, aussi – devant tout ce que je voyais. Ainsi ces intrigues destinées à abattre Clemenceau et qui avaient réussi ; il n'était plus qu'un vieillard obstiné à vivre jusqu'au bout, parcourant le monde de l'Égypte aux Indes, de l'Angleterre aux États-Unis – pour pousser Poincaré, toujours avide de puissance, habile et hypocrite manœuvrier, vers la présidence du Conseil. Revenu au pouvoir, celui-ci avait décidé l'occupation de la Ruhr, au début de janvier 1923, et quand, expulsé de Duisburg, je rentrai à Paris, ce fut pour trouver cette longue enveloppe bleue contenant la photo de mon fils.

Je l'ai regardée toute une partie de la nuit.

À plusieurs reprises, j'ai éteint la lampe, décidé à gagner ma chambre. Mais, au bout de quelques minutes, je revenais pour tenter d'imaginer ce qui resterait en lui de ces trois premières années qui, chez moi, en fin de compte, n'avaient laissé qu'une grise poussière d'événements, et maintenant le sentiment, après avoir vu ce fils, d'avoir troqué l'essentiel, le feu vif de la vie, pour un tas de cendres.

J'ai retourné la photo, relu les mots de Lucie.

Elle avait donc choisi de m'exclure de la mémoire de mon fils. Elle l'avait appelé Henri-François – deux hommes morts qu'elle avait aimés : Henri, son frère, et François, ce fiancé dont elle m'avait parlé quelquefois et qui avait été tué à la veille de leur mariage, dès les premiers combats d'août 1914.

Je n'étais rien.

Je ne lui reprochais pas ce choix, cette façon implacable qu'elle avait eue de me laisser mettre en œuvre ma volonté d'être libre, exempt de responsabilités, cette volonté que j'avais tant de fois exprimée.

M'envoyer la photo de ce commencement d'homme, mon fils, était une manière de se venger, de me dire : « Voilà ce que tu as abandonné. Mesure là le prix dont tu as payé ta liberté, évalue ce que tu as perdu. Compare avec ce que tu as vécu et gagné. »

Elle avait frappé juste.

Je n'ai même pas envisagé que cette photo qu'elle m'envoyait pût être un appel, une invite à les retrouver, elle et mon fils.

Peut-être, si elle l'avait appelé Jean ou Christophe, si elle avait tissé un fil, fût-il ténu, entre elle, lui et moi, aurais-je cru à un tel signe.

Mais mon fils se nommait Henri-François Mourier.

Elle avait donc simplement voulu que je souffre.

Je ne me suis couché qu'à l'aube.

Je dois l'avouer : je n'étais pas plus malheureux ni plus tourmenté qu'à l'habitude, peut-être parce que, depuis des mois, j'attendais cette nouvelle, et je savais que la disparition de Lucie Mourier, après cette journée du printemps 1919, et sa lettre marquaient la fin de toute surprise joyeuse dans ma vie.

J'en étais persuadé : la joie ne pouvait surgir que de la naissance d'un enfant, du risque pris en le poussant dans le monde, de la souffrance d'avance acceptée, puisque toute vie est mort, fût-ce même celle d'un enfant.

J'avais choisi de l'abandonner, avant même qu'il ne soit né, pour être libre, ne pas souffrir, ne pas être responsable, ne pas le voir ni le savoir exposé aux inéluctables fureurs du destin.

Mais c'était moi, d'abord, que j'avais voulu protéger.

Dès le lendemain de l'armistice, puis de la conférence de la paix, j'avais vu une autre guerre sourdre de la Grande Guerre.

Alors, faire d'un enfant un futur soldat, une victime à venir, un visage défiguré, était-ce possible ?

Je n'avais pas eu cette sorte de courage, qui est toujours aveuglement.

Au matin, j'ai repris la photo entre mes doigts.

Je n'irais pas à leur recherche.

J'avais abandonné mon fils.

Je n'irais pas quémander à sa mère le droit de le voir, de lui prendre la main, de le guider.

J'ai eu la tentation de déchirer cette photo. Et, je l'avoue, j'ai commencé à le faire. Elle porte sur le côté gauche une courte entaille.

Mais je me suis interrompu. J'ai eu le sentiment que j'allais tuer cet enfant en lacérant son image.

J'ai fermé les yeux. J'ai baissé la tête, comme si j'avais voulu et failli accomplir un acte sacrilège, et qu'à l'ultime instant, Dieu m'ayant retenu, il me fallait Lui demander d'absoudre mon intention.

J'ai placé la photo sur l'un des rayonnages de ma bibliothèque.

Quand, quelque temps plus tard, revenant une nouvelle fois de Munich – où j'avais failli être tué par les policiers qui avaient tiré, en ce mois de novembre 1923, sur le cortège conduit par Ziegler, Ludendorff et Hitler, à la tête de soldats de la *Reichswehr* et de nazis –, j'ai décidé de quitter la France et l'Europe, d'embarquer au Havre sur le *Paris*, j'ai pris la photo et l'ai glissée dans mon passeport.

Le *Paris* a appareillé le 24 décembre 1923.

Le lendemain, ce fils que j'avais abandonné avant sa naissance fêterait son quatrième anniversaire.

Je ne connaîtrais rien de lui.

J'étais bien l'un des mutilés de la Grande Guerre.

Troisième partie

LA GUERRE DE TRENTE ANS

20

J'ai levé la tête.

J'ai vu le ciel bas, noirâtre, rayé par la pluie tenace de l'hiver.

J'ai fermé les yeux.

C'était le même ciel, dans ma mémoire, le 24 décembre 1923 où, au terme de ma trente-sixième année, je quittais la France. Quel homme jeune j'étais encore alors que je m'imaginais si vieux, si mutilé par l'abandon, avant même la naissance de mon fils !

Mais il a suffi d'un battement de paupières pour que plus de vingt années passent.

C'est le mois de décembre 1944. Je marche le long du boulevard Raspail. Je regarde les fenêtres de l'appartement que j'ai occupé jadis durant plus de dix ans.

Là, Lucie Mourier et moi avons conçu ce fils qu'elle a appelé Henri-François.

Là, avant elle, Rosa di Bellagio, Isabelle Saynac, d'autres encore venaient me retrouver. De si jeunes femmes !

J'entre dans l'immeuble.

Peu de choses me paraissent avoir changé. Le tapis de l'escalier est toujours rouge. Les barres de cuivre qui le fixent brillent, tout comme les mosaïques qui décorent les murs, dans la pénombre.

Je m'approche de la plaque qui, à gauche de la porte vitrée, indique que le cabinet du docteur Neveu se trouve au premier étage. Mais le vieux médecin est mort et c'est son fils qui lui a succédé.

Je ressors. Le ciel est trompeur. Les années se sont bel et bien écoulées. Les vivants que je connaissais ont été entraînés, engloutis, ou bien ils sont comme moi, proches de la soixantaine, hommes déjà vieux qui tentent encore de se tenir droits, qui parlent de leurs projets pour oublier que le temps leur est compté.

Le premier que j'ai rencontré a été le général Paterson.

Il était entouré d'officiers dans une salle de classe d'une école de Reims.

Un instant, il m'a semblé – comme pour le ciel – que l'homme n'avait pas changé depuis ce mois de juillet 1918 où je l'avais vu, jeune colonel, diriger l'attaque des régiments américains dans le saillant de Saint-Mihiel, puis, durant l'automne, l'offensive dans les forêts d'Argonne.

Il a ouvert les bras et s'est écrié :

— Finlay ! Je suis si heureux de vous voir ici. Vous choisissez toujours les bons moments !

Je me suis approché, sous le regard étonné des membres de son état-major, ces jeunes hommes minces qui remplissaient la salle aux murs couverts de cartes.

Paterson m'a donné l'accolade, et l'illusion s'est dissipée. Les mâchoires lourdes, l'estomac proéminent sous la tunique, il avait forci. Il rejetait les épaules en arrière et dressait le menton pour combattre une propension certaine à se voûter, à avouer que le temps pesait sur lui.

Je ne l'avais plus revu depuis la Grande Guerre que, désormais – je l'avais noté depuis mon arrivée en France –, on appelait en soupirant, comme pour exprimer une nostalgie, presque un regret, l'« autre guerre ».

— Vous vous souvenez, Finlay, quand, en mars, puis en juillet 1918, les Allemands ont attaqué ? m'a-t-il dit. Ils abattaient leurs dernières cartes. Eh bien, ils recommencent dans les Ardennes. Leurs généraux, von Rundstedt, Kreifeld, étaient lieutenants ou capitaines en 1918. Nous étions déjà face à face. Mais – il a frappé du poing sur l'une des longues tables encombrées de schémas et de dossiers –, cette fois-ci, nous disposons de centaines de milliers d'hommes aguerris, et non pas de nos braves *Sammies* d'alors : vous vous rappelez, Finlay, nos tendres *doughboys* ? Nous alignons désormais des milliers de chars, et notre suprématie aérienne est absolue.

Il a souri, hoché la tête.

— En août 1918, a-t-il repris d'une voix forte, s'adressant à ses officiers plus qu'à moi, nous avons gagné le premier round aux points. Nous allons les mettre KO au second. Nous aurons – il s'est interrompu, s'est repris avec une moue gourmande, les lèvres avancées –, nous avons d'autres ennemis, déjà, mais, avec les Germains en tout cas, ce sera terminé en quelques semaines !

Il m'a pris par l'épaule. Il avait lu mes reportages sur la guerre dans les îles du Pacifique. Il s'était étonné de ne pas me revoir en Europe plus tôt.

— C'était ici que ça se décidait, comme en 1918. D'ailleurs, 1914-1944 : une seule et même guerre ! Les Européens ont l'habitude de ce genre de conflits : c'est une autre guerre de Trente Ans, Finlay. Sauf que c'est nous qui allons leur dicter la paix de Westphalie. Oui, c'est nous qui allons décider. Pas comme à Versailles !

J'ai aimé la lucidité et la brutalité des propos de Paterson.

Je partageais son analyse.

Dès l'année 1919, quand j'avais vu s'ébranler à Milan la marche noire des fascistes, puis, en 1923, quand j'avais vu les nazis de Hitler et les hommes de la *Reichswehr*, de Ziegler et de Ludendorff, tenter à Munich ce putsch brisé dans le sang, j'avais su que la paix que l'on avait proclamée était illusoire, que la Société des Nations – à laquelle nous, Américains, avions refusé de participer – n'était qu'une assemblée impuissante.

Le cortège noir allait grossir, poursuivre sa marche, et si j'avais quitté la France en 1923, c'était aussi par désespoir : la barbarie ne pouvait être vaincue.

Mais j'avais abandonné un fils sur cette terre de batailles, en ces lieux de massacres, et durant ces vingt années, chaque fois qu'un événement roulait avec fracas jusque dans ma maison familiale du Massachussetts où j'écrivais, face aux vagues déferlantes de l'océan, j'avais calculé l'âge de cet enfant.

Je refusais de l'appeler Henri-François ; je disais seulement « Il ».

Il avait eu dix ans quand la crise économique avait ébranlé le monde ; quatorze quand Hitler – que j'avais entendu dans la Hofbrauhaus, en 1923, et suivi dans les rues de Munich en novembre 1923 – avait été nommé chancelier du Reich.

Trois ans plus tard, il avait eu l'âge auquel on sait épauler un fusil. Et Hemingway m'avait dit : « Tu ne peux pas imaginer ces combattants des Brigades internationales ; certains ont à peine dix-sept ans. À Madrid, ils se sont battus comme des héros. »

Il aurait pu devenir l'un d'eux, car peut-être Lucie Mourier lui avait-elle transmis ces idées rouges qu'avait défendues Henri Mourier dont il portait le prénom et dont il était le neveu.

Vingt ans en 1939 : je l'ai imaginé sous l'uniforme. Peut-être s'était-il trouvé, l'année d'après, parmi la foule de ces fantassins désarmés, cernés sur une plage de Dunkerque, conduits en troupeaux vers les camps de prisonniers ?

Peut-être est-ce pour lui que j'ai écrit, partout où je le pouvais, que les États-Unis devaient entrer dans la guerre, ne pas attendre plusieurs années avant d'intervenir comme ils l'avaient fait à l'époque de la Grande Guerre.

Avait-il rejoint Londres ? Était-il mort à Bir Hakeim ? Ou bien avait-il gagné le maquis ?

J'ai pensé aussi qu'il aurait pu être l'un de ces soldats français qui avaient tiré sur les troupes américaines débarquant au Maroc en 1942. Ou bien qu'il avait revêtu un uniforme noir, et que, mû par un « patriotisme dévoyé » – l'expression était de De Gaulle –, ou par désarroi – il était seul, je l'avais abandonné –, il avait combattu aux côtés des nazis.

Il avait pu suivre l'un de ces chemins-là, et je n'en avais rien su. Mais je les avais tous imaginés.

Il avait pu être blessé, fusillé, défiguré. Et le souvenir de Karl Ziegler était revenu me hanter.

Je n'avais rien pu empêcher.

C'est alors que j'avais décidé de l'abandonner davantage encore, de partir sur le front du Pacifique, loin, le plus loin possible de lui et des lieux que j'avais connus, dans lesquels je pouvais le situer.

J'ai voulu l'oublier et, avec lui, oublier la France et l'Europe.

Mais comment aurais-je pu échapper au débarquement en Normandie, aux combats dans les rues de Paris ?

Un jour, alors que je prenais pied sur l'une des plages de l'île de Guam, et qu'à quelques centaines de mètres les lance-flammes incendiaient les buissons derrière lesquels se dissimulaient les Japonais, j'ai été saisi par la panique, comme si tout ce que j'avais retenu, refoulé pendant vingt ans, me submergeait tout à coup.

Je suis sorti du trou creusé dans le sable humide où j'étais tapi avec quelques *Marines*.

J'ai commencé à marcher le long de la plage, là où l'écume semblait bouillonner avant de ne plus laisser que de grosses bulles qui, à leur tour, finissaient par être absorbées et disparaître.

On m'a crié que j'étais fou.

Oui, je l'étais de ne pas avoir cherché à revoir mon fils.

Je devais le retrouver, m'en faire connaître, ne pas mourir sans lui avoir parlé, sans qu'il sache qui j'étais, quelles étaient les raisons, les lâchetés qui m'avaient conduit à l'abandonner, sans que j'apprenne quel homme il était devenu !

Il fallait que je le protège, enfin ! Avant qu'il ne soit trop tard.

J'ai quitté le Pacifique. Il m'a fallu plusieurs mois pour aller d'un océan à l'autre, les traverser.

J'ai fini par rejoindre la France.

À Paris, en décembre 1944, le ciel était bas et noirâtre.

21

La porte s'est ouverte et le passé est venu à moi avec cette lumière diffuse et grise, trouée en plusieurs points de la pièce par les cônes blancs de lampes en opaline.

Elles étaient disposées là où je les avais vues la dernière fois que j'étais entré dans ce bureau du ministère de la Guerre proche de celui qu'occupait Georges Clemenceau.

Je me suis avancé. J'ai tâtonné dans mes souvenirs.

Cette silhouette penchée qui, d'un geste de la main, me désignait un fauteuil, ç'aurait pu être celle du capitaine Lucien Lévy. Je ne voyais d'elle que ce bras, cette main, ces cheveux noirs, la monture des lunettes et les épaules voûtées.

J'ai regardé vers le fond de la pièce, là où se trouvait la petite porte par laquelle on accédait jadis au bureau du Père la Victoire, peut-être aujourd'hui à celui du général de Gaulle dont Pierre Huart, qui m'accueillait, était devenu le chef de cabinet.

Il s'était redressé. J'ai reconnu son visage maigre, ses yeux un peu exorbités derrière les lunettes rondes. Je me suis souvenu de nos rencontres dans l'appartement de Maïa Lobatchevsky, avenue Montaigne, de la colère et même de la jalousie que j'avais éprouvées à son endroit, des propos qu'il m'avait tenus, disant qu'il comptait quitter la France, que cette guerre n'avait été qu'une « connerie » et qu'il ne voulait pas en subir une autre. Ce devait être en 1918.

— On change, n'est-ce pas ? m'a-t-il dit en se levant et en venant vers moi, les deux mains tendues, le corps penché en avant.

Il m'a pris la main entre ses paumes, la gardant longtemps serrée, et j'ai eu l'impression que c'était Lévy qui m'accueillait avec sa bienveillance attentive.

J'avais revu Lévy dans les premiers jours de janvier 1920. La conspiration contre la candidature de Georges Clemenceau à la présidence de la République était alors en train de se nouer.

Jules Farlat y représentait les amis radicaux de Joseph Caillaux, toujours en prison ; Briand, ceux que le gouvernement de Clemenceau avait exclus du pouvoir et méprisés ; Varin et Barruel, les nouveaux députés du Bloc national qui craignaient l'impitoyable poigne du Tigre, son autoritarisme, et qui rêvaient de voir Poincaré, dont le mandat à l'Élysée s'achevait, redevenir dans quelques mois président du Conseil – et ils espéraient bien compter parmi ses ministres.

Lévy s'était penché vers moi :

— Clemenceau hésite à être candidat. On le pousse. Moi, je suis réservé. Il a suscité trop de jalousies. Le peuple l'acclame, donc ses rivaux le haïssent. C'est une mécanique qui fonctionne toujours ainsi.

J'avais écouté Varin, Barruel et Farlat répéter que Clemenceau avait perdu la paix en cédant sans raison à Wilson. Ils m'avaient interpellé plusieurs fois sur ce thème, m'accusant personnellement d'être lié à la finance américaine.

— Vous êtes d'une famille de banquiers, Finlay, m'avait dit Barruel d'une voix accusatrice. Et les banques américaines, au premier chef celle de votre frère, ont accaparé tout l'or du monde ! Et vous nous dictez maintenant le montant auquel nous devons limiter les réparations que nous exigeons de l'Allemagne. Quel égoïsme, Finlay ! Franchement, je peux vous le dire, à vous qui êtes catholique, quelle hypocrisie de huguenots !

Au cours d'un dîner chez la marquise Mosca-Visconti – l'un des derniers qu'elle donnait à Paris car, disait-elle, « c'est Rome qui va devenir l'épicentre de l'Europe, et je veux m'y trouver » –, Varin s'était joint à Barruel et à Farlat pour m'accuser de taire la vérité :

— L'Amérique, votre pays, Finlay, est entrée en guerre deux ans, sept mois et quatre jours trop tard ! Votre Wilson – et votre frère, par l'influence qu'il a pu avoir, par son poids financier décisif – nous a forcés à conclure la paix à la première opportunité, au lieu de nous laisser finir la guerre à Berlin. En fait, l'Amérique s'est retirée le jour de l'armistice, sans attendre de voir la tâche accomplie. L'erreur fatale de Clemenceau est de ne pas l'avoir compris. Voilà pourquoi il a perdu la paix !

J'étais en train de rapporter ces propos à Lévy, d'insister sur l'incompréhension qui était en train de se creuser entre les États-Unis et la France, lorsque Clemenceau était entré dans le bureau par la petite porte du fond. Il m'avait fait signe de rester assis et de poursuivre.

Après être demeuré quelques instants immobile, il avait commencé à aller et venir, les mains – ses mains toujours gantées de gris – derrière le dos, sa tête ronde embroussaillée par la corolle de ses cheveux, par ses sourcils et sa moustache blanche. Il avait marmonné que, s'il n'était pas élu président de la République – à supposer qu'il se présentât, car il hésitait encore (il m'avait jeté un coup d'œil interrogateur que j'avais ignoré) –, il comptait se rendre aux États-Unis en tant que simple citoyen français.

— Vous êtes comme moi, Finlay : français, je le sais, je le sens, et en même temps américain. Ce n'est pas une situation commode, mais c'est pourtant la meilleure qui soit pour comprendre ce qui se passe entre nos deux pays. Si je retourne aux États-Unis, je m'expliquerai directement avec le peuple américain pour lui dire franchement quels sont, à mon avis, les droits et les devoirs de chaque peuple.

Il s'était arrêté en me fixant de ses yeux qui étaient deux fentes entourées de ridules.

— Notre victoire, avait-il ajouté, l'index levé, a fait tous les Alliés responsables de l'avenir.

— On change, répète Pierre Huart. Vous vous souvenez, Finlay : en 1918, j'envisageais de quitter la France…

Il s'assied en face de moi.

— Je n'ai pas pu. Je suis d'ici, de ce peuple, de cette langue. Je vais vous expliquer comment j'ai découvert mon enracinement. Autour des années 20 – vous étiez encore à Paris quand j'ai adhéré au petit groupe communiste créé par Marius Bardet et Hélène Laborde –, j'ai voulu recueillir les souvenirs des anciens combattants, écrire un livre qui serait allé plus loin que *Le Feu* de Barbusse, *Les Nôtres* de Mourier ou *Les Croix de bois* de Dorgelès, un livre-réquisitoire, violent, un cri : « À bas la guerre ! », etc. Bardet m'y encourageait vivement. J'ai commencé à rencontrer des poilus. J'ai ainsi fait la guerre par procuration, en quelques mois. L'horreur, bien sûr ; l'injustice, souvent ; les accusations de désertion portées après des enquêtes sommaires contre des bonshommes qui avaient flanché, et les condamnations à mort qui avaient suivi. J'ai noté tout cela. Mais j'ai entendu autre chose aussi : le patriotisme, l'attachement à la terre française, et ç'a été une révélation. Cette guerre, ce massacre, l'une des plus cruelles de nos épreuves, nous l'avions surmontée parce que la nation est une réalité. Elle vit en chaque homme. J'ai été converti, Finlay : je suis devenu patriote. J'ai longuement discuté de cela avec Lévy.

— Dans ce bureau ?

Pierre Huart hoche la tête. Il avait rencontré Lévy après la démission de Clemenceau. Il occupait une chaire d'histoire du haut Moyen Age à la Sorbonne. Il parlait avec ferveur du sacre de Reims, des rois thaumaturges, de la naissance de la France.

— J'ai suivi ses cours. Ils étaient admirables, nourris par ce qu'il avait vécu pendant la guerre en première ligne. La Marne, Verdun, c'était l'expression du sentiment national né à Bouvines en 1214, sept cents ans auparavant, et qu'il appelait la « fraternité entre les hommes d'une même patrie ».

Huart se lève, retourne s'asseoir à son bureau.

— Il a très tôt pensé qu'une autre guerre était inévitable. Et il a été volontaire en 1939. Il a rejoint de Gaulle à Londres dès l'été 1940. Il a demandé à être parachuté en France. Les Allemands ne l'ont arrêté qu'en juin 1944, sur dénonciation. Je crois – nous cherchons encore – qu'il a été reconnu par hasard par l'un des ennemis de Clemenceau, persuadé que Lévy avait été son inspirateur. Vous comprenez la thèse : Clemenceau et sa campagne en faveur de Dreyfus expliquaient la présence de Lévy dans l'entourage du Tigre. L'antisémitisme est aussi une forme de folie. Bref, quelqu'un l'a livré comme Juif, et non comme résistant. Mais les Allemands le pourchassaient depuis des mois et l'ont identifié. Ils l'ont torturé et embarqué, agonisant, pour l'Allemagne. Il est mort durant le voyage. Vous n'imaginez pas où ? À Verdun, Finlay, à Verdun !

Huart ôte ses lunettes, se masse les yeux. Il m'assure que le général Montcel, le chef d'état-major de De Gaulle, dit me connaître.

Je me souviens en effet de cet officier rencontré plusieurs fois tout au long de la Grande Guerre, puis durant l'été 1920 à Varsovie.

— De Gaulle y était, murmure Huart. Ils se sont connus là-bas. Montcel a fait toute la guerre dans les Forces françaises libres. Mais il ne vous parle que de 14-18, de ses camarades de promotion qui sont tombés dès les premiers jours, en août.

Huart remet ses lunettes, pose son menton dans le creux de ses paumes.

— Voyez-vous, Finlay, notre guerre n'est pas celle-ci, mais l'autre, la Grande – plus d'un million de morts ! Nous ne nous en sommes jamais remis. Depuis lors, pendant ces vingt années, nous avons tenté de reprendre notre souffle, mais nous n'en avons pas eu le temps. Pensez à Lévy : la Marne, le Chemin des Dames, et, en 1939, à nouveau sous l'uniforme, résolu mais usé, épuisé et cependant résistant. Là est la cause de cette étrange défaite au terme de quelques jours, alors que nous étions jadis restés accrochés au sol pendant quatre ans. Mais les blessures de ces quatre années-là, nous mettrons peut-être plus d'un siècle à les cicatriser.

Huart soupire.

— Et peut-être, malgré lui – il incline la tête vers la petite porte du fond –, ne guérirons-nous pas, peut-être sommes-nous déjà morts, vainqueurs en 1918, ayant fait notre devoir, mais comme le messager de Marathon…

Il secoue la tête.

— Mauvaises pensées, Finlay… Vous vouliez quoi ?

Je reste un instant silencieux, puis parle vite, la tête baissée.

— Je veux retrouver un homme jeune, né le 25 décembre 1919. Le neveu d'Henri Mourier, je veux dire le fils de Lucie Mourier, la sœur d'Henri Mourier.

— Le père ?

— Inconnu.

J'ai l'impression que ma voix s'éraille quand j'ajoute que cet homme – ce fils est devenu un homme ! – se nomme Henri-François Mourier.

Huart écrit, puis lève la tête au moment où je redresse la mienne, et nos regards se croisent.

— Mais vous et Lucie Mourier…, commence-t-il. Maïa Lobatchevsky m'a parlé de votre liaison avec cette femme. Elle écrivait des contes, n'est-ce pas ? Il ne doit pas être difficile de la retrouver. Donc, son fils…

Puis, d'un ton las, il ajoute qu'avoir eu vingt ans en 1939 n'avait pas dû être facile.

— Mais moins périlleux que d'être de la classe 13 ou 14. Ceux-là sont morts dans la proportion de trois sur quatre. Vous imaginez, Finlay ? Voilà la saignée que nous avons subie, voilà pourquoi elle restera notre Grande Guerre…

Il se lève, m'assurant qu'il va lancer des recherches.

— Ce pourrait être votre fils, lâche-t-il sur le seuil de son bureau.

Puis il me dévisage.

— Mais vous n'êtes pas homme à avoir abandonné un fils, Finlay. Ça ne vous ressemblerait pas.

Je m'éloigne sans répondre.

22

Je le vois chaque nuit. C'est mon fils.

Il est allongé parmi les morts, au fond d'un trou d'obus.

Je m'approche. Je le touche. Son corps est le mien. Il est glacé ; c'est ma sueur. Je veux découvrir son visage, mais il porte ce groin de cuir et de toile derrière lequel j'ai étouffé, j'étouffe encore au fond de la tranchée, dans cette chambre de l'hôtel Bréa, à quelques centaines de mètres de l'appartement où j'ai vécu dix ans et où j'ai conçu, avec Lucie Mourier, ce fils qui revient me hanter chaque nuit.

Je veux voir ses yeux. J'arrache le masque et reconnais cette gueule mutilée, ces trous béants dans la face : plus de regard, des cavités ; plus de nez, mais une plaie.

Il est le gazé que j'avais vu au Val-de-Grâce au mois d'avril 1915 et dont le docteur Bardet nettoyait les plaies – ces boutonnières renflées qui remplaçaient ses yeux – et dont Hélène Laborde maintenait les bras.

Il est Karl Ziegler qui me défie en approchant du mien son visage martelé.

Je me redresse en prenant appui sur mes coudes. J'ai l'impression que les cloisons de la chambre vont s'abattre sur moi, m'ensevelir.

Je reste assis, recroquevillé sur le bord du lit.

Il me faut attendre le jour pour appeler une nouvelle fois Pierre Huart, le supplier d'activer les recherches.

Mais je sens que je l'importune.

Huart me répond encore, mais sa voix s'impatiente.

Il m'explique que des dizaines de milliers de personnes ont disparu. Certaines ont été déportées par les Allemands, d'autres abattues, et beaucoup se cachent, craignant les vengeances ou l'arrestation. Il y a encore des règlements de comptes.

On vient d'abattre, à Marseille, le secrétaire général de la Milice, l'ancien commissaire Antoine Oriani. Il cherchait à passer en Corse ou en Algérie. Un héros de la Grande Guerre que la fidélité à Pétain a aveuglé.

Huart raconte comme s'il avait oublié la raison de mon appel :

— Ils sont des millions, dit-il, à avoir – sans aller jusqu'aux extrêmes, comme Oriani – suivi Pétain, parce qu'il était le vainqueur de Verdun. Médaille militaire, regard bleu, cheval blanc, bâton de maréchal : c'est de l'imagerie d'Épinal, mais elle trompe encore aujourd'hui, en décembre 1944, alors que Pétain n'est plus qu'un traître en fuite en Allemagne. Pour une majorité de Français, il incarne encore Verdun, les permissions accordées plus généreusement, les relèves accélérées, un chef proche de ses soldats, économe de leurs vies.

Je lui rappelle que je recherche un homme qui aura vingt-six ans dans quelques jours, qui s'appelle Henri-François Mourier, et que je dois le retrouver avant la fin du mois de décembre.

Huart s'exclame. Je ne suis pas raisonnable, dit-il :

— Vous n'imaginez pas l'état du pays. C'est 1917, Finlay, mais sans les ressources morales que nous avions alors. Nous n'avions pas capitulé en 1914 ; nous avions remporté la bataille de la Marne. Un quart de siècle plus tard, Pétain, lui, a signé l'armistice ; il a brisé la nation. Vous savez ce qu'a dit de Gaulle : « J'ai ramassé le tronçon du glaive. » Mais c'est précisément une lame tronquée dont nous disposons. N'oubliez pas cela, Finlay. On est encore en plein chaos. Nous retrouverons votre homme, mais il faut nous en donner le temps.

Je marche dans Paris pour fuir l'attente, cette chambre d'hôtel où j'étouffe et tremble de froid.

Je passe devant le restaurant Igor. La porte est entrouverte.

Partout des ombres.

Le lieutenant aviateur Charles Castel, le héros qui, après ses combats, venait ici séduire Juliette Dumas ou Isabelle Saynac, a disparu au-dessus de l'océan qu'il tentait de traverser. C'était dans les premiers jours de 1923, alors que je découvrais cette photo de mon fils dans la longue enveloppe bleue.

Elle est toujours glissée dans mon passeport, mais je ne la regarde pas, l'effleurant parfois du bout des doigts, reconnaissant cette menue entaille sur son bord gauche.

Et il m'arrive de regretter de ne pas l'avoir déchirée complètement : peut-être aurait-ce été la seule façon d'oublier ? Mais, aussitôt, j'ai honte. Je referme le passeport, le replace dans la poche intérieure de ma veste. Je le sens contre moi, malgré l'étoffe.

Et j'étouffe à nouveau.

Il me faut retrouver ce fils avant le 25 décembre, jour de son anniversaire. Après – c'est ainsi que je le ressens –, il pourra n'être plus que l'un de ces disparus, flaque de boue noir et rouge sur la terre bouleversée.

Je quitte le restaurant Igor.

Un vieux serveur m'a dit qu'en effet il se souvenait d'Anton Gratchev. Il a baissé la voix : les Allemands l'avaient arrêté ici même, en 1943. Il n'avait pas changé ses habitudes. Il n'y avait pas de restrictions pour lui. Il avait les poches gonflées de billets, de l'argent suisse. Champagne, vodka, cognac, caviar, saumon en pleine guerre : ça représentait une fortune chaque soir. Des femmes avec lui. Une Russe, surtout, un superbe mannequin, toujours accompagnée par des officiers allemands. On disait qu'elle et lui vivaient ensemble, trafiquaient de tout. Puis ils ont été arrêtés tous les deux : ils travaillaient pour les Russes. Un réseau d'espionnage.

— Les journaux ont raconté leur histoire il y a quelques semaines. Vous n'avez pas lu ?

Les ombres me suivent.

J'ai retrouvé les journaux de la fin du mois d'octobre. On y publie les photos d'Anton Gratchev et de Maïa Lobatchevsky, deux héros qui avaient réussi à pénétrer au cœur de l'état-major allemand et avaient renseigné Staline sur les dates et les lieux des principales offensives. « Ils ont sauvé l'URSS », titrait même l'un des quotidiens.

Les ombres s'accrochent à ma mémoire.

Je me souviens de Gratchev au milieu de l'année 1923, ici même, chez Igor, m'expliquant à voix basse, tout en jetant des regards à la ronde, vers les tables voisines, que Lénine, malade, n'était plus en état de gouverner, et que Staline, avec l'appui de Peschkov, s'était emparé du pouvoir. On ne savait pas ce qu'était devenue Rosa di Bellagio, mais, si elle n'avait pas fui la Russie, c'est qu'elle était morte.

— Ce sont des tueurs, Finlay, des égorgeurs et des sadiques. Et ils appellent ça le socialisme ! Ce sont les bâtards de cette guerre ; ils ont appris à aimer le goût du sang. Ce sont ceux-là qui vont faire la loi, ici. Rentrez aux États-Unis, Finlay. Peut-être ne réussiront-ils pas à traverser l'océan ?

C'est moi qui suis revenu sur les terres où ils tuent encore, en ce mois de décembre, trente ans après 1914, l'année où ils ont commencé à se repaître des cadavres dispersés sur les champs de bataille.

Je marche et il fait froid. La ville est silencieuse, les boulevards déserts.

Les journaux rapportent qu'à Berlin Karl Ziegler, porte-parole de la Chancellerie du Reich, a annoncé que l'Allemagne disposerait bientôt d'armes nouvelles qui allaient lui donner la victoire, effacer ainsi définitivement le souvenir de Rethondes et de Versailles, « quand la victoire acquise dans les tranchées a été vendue aux judéo-bolcheviques par les politiciens ». Hitler, le *Frontkämpfer*, s'apprêtait à doter l'Allemagne des moyens de vaincre, et déjà, dans les Ardennes, la *Wehrmacht* faisait reculer les troupes américaines qui ne se battaient pas mieux qu'en 1918.

Il me semble entendre la voix de Karl Ziegler.

Sur la photo que publie *La Tribune de Genève*, je l'aperçois en uniforme noir, et devine son visage encore plus exsangue.

Sa vie, la mienne s'achèvent.

Tant sont morts, déjà! Ombres lointaines de Juliette Dumas, de tous ceux tombés durant les années de guerre et de ceux qui portaient la mort en eux, comme Henri Mourier ; de ceux qui tuaient autour d'eux, qui exaltaient la mort, crânes et tibias brodés sur leurs emblèmes, comme s'ils avaient cru qu'en nourrissant ainsi Moloch, le monstre ne se retournerait pas contre eux, épargnerait ses pourvoyeurs!

Ces ombres s'entrelacent.

Le jour même où Karl Ziegler parlait à Berlin, Riccardo Capponi, à Milan, montait à la tribune d'une réunion des milices fascistes. Lui aussi portait un uniforme noir. Lui aussi invoquait la « victoire mutilée » de 1918, et, citant Mussolini, s'écriait :

— L'idée fasciste née dans la guerre, dans les rangs des *Arditi*, en réaction aux trahisons de 1917, l'idée fasciste ne peut pas être détruite. Notre foi dans la victoire est absolue! Nous allons reprendre notre marche en avant...

Je rentre à l'hôtel, m'allonge.

Quand donc cette longue guerre commencée il y a trente ans se terminera-t-elle ?

Les ombres s'entassent dans la grande fosse. Sur le bord, au-dessus des morts, gesticulent encore Ziegler, Capponi, Hitler, Mussolini, Staline...

Tant que tous ceux qui ont pataugé dans la boue sanglante de ce massacre originel, qui ont plongé leurs mains dans le chaudron des sorcières, seront encore en vie, et tant que leurs œuvres, États et frontières, idées et illusions, perdureront, la guerre, la Grande Guerre ne s'achèvera pas.

Je frissonne.

Je sens que, cette nuit encore, j'errerai dans un demi-sommeil à la recherche de mon fils.

Je m'enveloppe de mes bras, serre mes propres épaules.

C'est moi que je tiens et tente de réchauffer.

C'est lui que je voudrais enlacer.

23

Je regarde ces visages que les années ont grimés.

Les deux rides qui cernent la bouche d'Isabelle Saynac dessinent un sourire qui, depuis qu'elle m'a accueilli, s'avançant dans le salon, bras tendus, mains ouvertes, ne s'est pas effacé et ressemble plutôt à une grimace.

Elle est assise à ma gauche, en bout de table.

Elle se tourne, se penche vers moi. Sa robe est décolletée, ses épaules et ses bras sont nus. Ses cheveux sont rassemblés en un haut et gros chignon que parfois, d'un geste rapide de la main droite, elle effleure comme pour s'assurer que des mèches ne s'en détachent pas. À ces moments-là, je remarque la peau flasque de son bras. Elle le baisse aussitôt comme si elle avait saisi mon regard. Elle minaude, murmure qu'elle est heureuse, émue de me revoir chez elle, rue de Savoie, comme autrefois.

Elle hoche la tête, reste quelques instants silencieuse comme pour laisser passer le temps, ces morts dont nous avons parlé au salon, alors que nous étions seuls, que je reconnaissais chacun des meubles, les tapis, les lampes, les rideaux et jusqu'à ce feu qui crépitait dans la cheminée.

— Je suis si bien chez moi, avait dit Isabelle en

approchant sa main de la mienne qu'elle avait, après une hésitation, saisie, serrée.

Elle accueillait ici quelques amis chaque mercredi : le vieux Flécheux, devenu sénateur ; Albert de Varin, qui avait été élu à l'Académie française et qui rencontrait de Gaulle une fois par semaine ; Pierre Huart, d'une autre génération, mais un homme qui comptait, un écrivain vigoureux.

— Je voudrais tant qu'il écrive pour le théâtre, mais il a goûté à la drogue de la politique et de l'action. Il va y brûler son talent. Il a déjà risqué d'y perdre la vie.

Elle avait commencé à raconter :

— Vous n'imaginez pas, Chris, ce que nous avons vécu ici. Barruel, Barruel...

Elle avait soupiré.

— Il est mort il y a six mois, peu avant la Libération, heureusement pour lui. On l'aurait fusillé. Personne n'aurait pu l'empêcher. Il était le bras droit de Laval. Il reprochait à Pétain sa modération. Chaque jour un article contre de Gaulle, les Juifs et les résistants. J'ai demandé le divorce, je l'ai mis à la porte d'ici. Je savais ce qui l'attendait. Varin et Flécheux lui ont conseillé de passer en Suisse en 1942, mais, au contraire, il s'est obstiné. Il est devenu pire. Dans ses articles, il donnait les noms des personnes que, selon lui, on devait arrêter. Les « poux nuisibles » ! Ou bien il écrivait qu'il fallait « dératiser la France » ! J'étais horrifiée, Chris. J'ai eu peur qu'il ne me dénonce quand j'ai demandé le divorce. Il était comme fou. Les Américains avaient trahi la France en 1919, disait-il, nous devions nous venger, nous allier à l'Allemagne. Une folie ! Il s'est rendu plusieurs fois à Berlin. En 1941, ici, à votre place, était assis Karl Ziegler. Un homme courtois, mais ce visage, Chris : un monstre ! Barruel disait que s'était nouée entre eux la fraternité des combattants. Qu'avait-il fait, lui ?

Rien ! Planqué. En juin, on l'a retrouvé chez lui, mort. Suicide ? Meurtre ? Personne n'en sait rien. Personne n'a voulu savoir.

Elle serre plus fort ma main.

— Vous vous souvenez, Chris, de l'autre guerre, la nôtre, comme nous avons souffert ! Moi, je n'oublierai jamais Denis Marrou. Toute ma vie, jusqu'à aujourd'hui, j'ai porté en moi le deuil de Denis. J'ai ressenti sa mort comme une injustice. J'ai haï Barruel de l'avoir envoyé se faire tuer. Mais, en même temps, il y avait à cette époque-là un élan, de l'enthousiasme. Vous vous rappelez ces soirées chez la marquise Mosca-Visconti ? On était fiers, confiants. Quand j'interprétais *L'Aiglon*, la salle se levait, entonnait parfois *La Marseillaise*...

On a entendu les voix de Varin et Flécheux dans le hall d'entrée. Elle s'est levée.

— Notre Grande Guerre, Chris, c'était comme une jeunesse de la guerre. Celle-ci est la même, mais vieillie, laide et cruelle. On n'est plus fiers. On est honteux.

Son visage sourit toujours, mais les deux rides autour de sa bouche sont devenues des cicatrices.

Varin est assis en face d'Isabelle. Les bajoues ont enseveli ses traits, la bouche est devenue lippue, la voix s'est durcie. Il martèle :

— Nous devons reprendre les propositions émises par Foch en 1918, au moment de l'armistice. Clemenceau les a rejetées pour ne pas déplaire aux Américains, Finlay, et ne pas se couper de Wilson. Le résultat, c'est que nous nous sommes retrouvés seuls face à l'Allemagne. Mais nous allons terminer à Berlin la guerre commencée il y a trente ans. Et, croyez-moi, de Gaulle ne se laissera pas berner comme Clemenceau ! Il n'a pas soixante ans. Il est déterminé, énergique. Il l'a montré. Il a une revanche à prendre, lui aussi. Il était jeune sous-lieutenant en 1914, à Arras, dans le régiment que commandait le colonel Pétain. Ils ont été ensuite très proches. Et puis, de Gaulle a fait Verdun. Il y a été blessé, fait prisonnier. La souffrance, l'humiliation, ça ne s'oublie pas. Pétain a caracolé sur les Champs-Élysées, le 14 juillet 1919. Il a été gavé de gloire, d'honneurs, de respect. S'il a capitulé en 1940, c'est peut-être parce qu'il avait été vainqueur en 1918. De Gaulle, rien ! Blessé. Prisonnier. À l'écart de la gloire. Pour lui, la guerre ne s'est jamais terminée. Il était comme ces officiers allemands – ainsi notre Karl Ziegler, vous vous souvenez, Finlay ? – qui avaient eux aussi une humiliation à effacer. Cette guerre, Finlay, c'est la fin de partie, celle qui solde les comptes de l'autre.

— On ne règle ni ne solde jamais rien, réplique Flécheux. Comment n'avez-vous pas encore compris cela, mon cher Varin ?

Le temps l'a ciselé ; il n'est plus que peau sur les os, maigre corps desséché, joues hâves, yeux enfoncés dans les orbites comme deux éclats de métal.

— La guerre, la paix…, murmure-t-il encore.

Il hausse les épaules.

— Des séquences qu'on relie et récompense après coup. La vie, nous en avons tous ici parcouru une bonne partie, moi la plus longue… Vous, Isabelle, vous êtes immobile, vous êtes belle et jeune une fois pour toutes, mais si, si, jeune en tout cas pour moi : peut-être trente ans de moins, n'est-ce pas ? Le temps d'un entre-deux-guerres, comme on dit. Vous êtes en 1914 et je suis en 1944 ! Donc…

Il dodeline de la tête.

— Je vous disais donc, Varin, et à vous aussi, Finlay, que ce n'est qu'en paroles ou dans les livres – mais vous en écrivez tous ! – qu'il y a continuité : la

Grande Guerre, l'entre-deux-guerres, celle-ci, etc. En fait, fouillez bien votre mémoire, Finlay, et vous ne trouverez rien au chapitre « Grande Guerre », mais vous allez découvrir des instants, des rencontres, des séquences. Je vous le dis : rien que des séquences de vie...

Il se penche vers moi.

— Nous en avons partagé quelques-unes, n'est-ce pas ? Juliette Dumas ? La malheureuse ! Il faut toujours des sorcières à brûler. Et notre Barruel avait une âme d'inquisiteur. Il en a jeté, des fagots, sur le bûcher ! Et cette bonne Clarisse, Mme Clarisse ! Elle est devenue châtelaine dans son pays, vers Gramat, sur le causse. Très dame respectable. Voilà donc des moments... Et les historiens se plaisent à fourrer tous ces instants dans le même sac. La Grande Guerre ? Seulement des millions de morceaux de vies différentes. Tenez, prenez un matin de décembre 1918 : Caillaux n'est qu'un détenu que réveille le bruit des verrous de sa cellule ; Clemenceau, nous l'avons tous bien connu, fait sa gymnastique dans son bureau, il ne s'est jamais senti aussi jeune ; et vous, Finlay, vous rouvrez les yeux au côté de la jeune Lucie Mourier... Mais oui, je sais cela aussi ! Huart me dit que vous la recherchez ? C'est bien là une idée d'écrivain ! Paris est plein de femmes, Finlay, comme en 1914, en 1918... comme toujours ! Et elles ne vieillissent pas. Elles sont aussi attirantes, plus expertes même que les filles de Mme Clarisse. Vous vous souvenez ? Allons, allons, ne jouez pas les amnésiques. La petite Juliette, bien sûr, elle a mal fini, mais elle avait bien commencé, vous le savez. Vous en avez goûté, Finlay ! Et moi aussi ! Tout le monde a eu sa part, avec elle, y compris même Karl Ziegler...

J'ai la tentation de me lever, de le gifler.

Il cligne de l'œil.

— Pour quelques dollars, mon cher, reprend-il d'une voix gouailleuse, vous trouverez une fille qui vous fera oublier Juliette et Lucie Mourier, et qui vous jouera le grand amour, la passion. Vous vous croirez revenu – mais oui, disons-le ! – dans ce qui fut, malgré la guerre, notre grande époque. En 1914, nous en avions dans le pantalon !

Flécheux se tourne vers Isabelle Saynac, émet un rire sec, puis il se remet à mastiquer et déglutit bruyamment, penché sur son assiette.

24

Je vois d'abord le sang qui coule, rouge vif, dans l'écuelle blanche.

Je ne peux plus avancer. Je crains de chanceler. Je me retiens à la margelle du puits, au milieu de la cour.

Devant moi, à quelques pas, une femme assise sur un tabouret appuie son dos à la façade de pierres sèches de la ferme. Elle a les jambes écartées et emprisonne entre ses cuisses ce poulet qu'elle saigne. Un tablier noir couvre la jupe grise et tombe jusqu'à ses pieds entre lesquels est posée l'écuelle.

Je lève les yeux.

La femme a retroussé les manches de sa blouse. Un châle tricoté couvre ses épaules.

Je regarde ses mains, ses doigts aux grosses phalanges, ses avant-bras noueux sur lesquels les veines bleues dessinent des nervures renflées.

À gestes secs et rapides, elle commence à arracher les plumes rousses du poulet. Le duvet volette autour d'elle, s'entasse dans la vasque de tissu que forme le tablier.

Elle se redresse, m'aperçoit.

C'est une vieille paysanne dont la peau couleur de terre est striée de rides comme si on l'avait piétinée, griffée, raclée avec obstination et colère. Ses cheveux sont blancs, les mèches tressées rassemblées en chignon.

Je reconnais Jeanne et, parce qu'elle ouvre la bouche pour crier, je sais qu'elle aussi se souvient de moi.

Elle ne bouge plus.

Nous nous retrouvons sur l'autre rive du temps, il y a plus de trente ans, quand nous nous sommes vus pour la première fois dans la chambre du Rendez-Vous où j'étais couché, nu, sur le lit de Juliette Dumas.

Tout à coup, elle se lève. Elle tient le poulet par les pattes. Elle fait un pas. L'écuelle se renverse et le sang se répand par terre.

J'ai été saisi de froid.

Il m'a semblé que c'était le sang de mon fils que je voyais couler et disparaître, ne laissant bientôt sur le sol qu'une tache plus sombre.

J'ai pensé à ces soldats qu'un obus frappait de plein fouet et dont il ne restait plus que cela : une ombre.

J'arrivais du château de Marsan où j'avais rencontré Mme Clarisse, impotente, masse de chairs molles enveloppées par le tissu chatoyant d'une robe à fleurs. Je n'avais même pas pu voir ses yeux réduits à deux fentes noires dans une peau rosâtre et boursouflée.

J'avais voulu la rencontrer parce que Flécheux, Varin et surtout Pierre Huart m'avaient affirmé qu'elle était restée la mémoire des années 20. Les filles du Rendez-Vous lui rapportaient les confidences de leurs clients. Mme Clarisse les notait, les classait, communiquait certaines d'entre elles au commissaire Oriani ou à Rebeirolles. Et naturellement aussi à Flécheux.

Lorsqu'elle s'était retirée dans la propriété qu'elle avait achetée sur le causse de Gramat, elle avait continué à correspondre avec lui. À plusieurs reprises, elle avait hébergé dans son château – une construction massive du XIVe siècle – des personnalités qui désiraient fuir les journalistes ou la police, ou bien qui cherchaient un lieu où organiser des rencontres discrètes.

Elle était devenue, assurait-on, la maîtresse de Denis Farlat, le député-maire de Périgueux, et lorsqu'il avait été révoqué par le gouvernement de Vichy, elle l'avait caché. Mais elle avait aussi reçu les officiers allemands de la *Kommandantur*, et même Karl Ziegler en visite en France.

Mais elle n'avait pas cessé pour autant d'aider Farlat, devenu chef de la Résistance locale à partir de 1942.

Les quelques renseignements qu'on avait obtenus sur Lucie Mourier indiquaient qu'elle s'était elle-même installée en 1940 à Gramat.

Elle avait été arrêtée l'année suivante pour activités antinationales, puis libérée, et c'est à ce moment-là qu'on avait perdu sa trace. Sans doute avait-elle choisi de vivre dans la clandestinité, sous une fausse identité. Faisait-elle partie de ce réseau organisé par Marius Bardet et Hélène Laborde, auquel ils avaient donné le nom de *Les Nôtres*, d'après le titre du livre d'Henri Mourier ?

C'est non loin de Gramat que se trouvait la ferme de Jeanne. Et c'est à Gramat que Marius Bardet et Hélène Laborde avaient été arrêtés et emprisonnés par la Gestapo avant d'être déportés en Allemagne.

J'ai eu l'impression, en rassemblant ces faits, ces hypothèses, que le puzzle se composait sous mes yeux, qu'il ne restait plus que quelques pièces à trouver pour que je puisse enfin voir se dessiner le visage de mon fils.

Je suis donc parti pour Gramat.
C'était le 20 décembre 1944.

Me voici assis en face de Mme Clarisse dont la respiration bruyante et saccadée soulève par à-coups la poitrine.

Il fait chaud dans cette pièce sombre et voûtée que n'éclairent que les flammes d'un feu crépitant dans la cheminée.

Je me penche pour discerner le visage de Mme Clarisse qui se tient dans la pénombre. Je sens l'odeur de sueur et de poudre mêlées qui enveloppe son corps et me donne la nausée.

— Qu'est-ce que vous venez remuer, monsieur Finlay ? demande-t-elle d'une voix lasse. Je suis comme morte. Il faut me laisser dormir…

Je murmure que je cherche une femme, Lucie Mourier, qui a vécu à Gramat en 1940, sans doute avec son fils de vingt et un ans.

J'hésite. Je dis :

— Henri-François Mourier.

— C'est votre fils ? interroge-t-elle.

Elle a avancé la tête. Le temps a fini par ensevelir ses traits sous une peau graisseuse et flasque.

Elle ne semble pas s'étonner de mon silence.

— Je ne bouge plus depuis un an, reprend-elle. Vous vous souvenez, rue Taitbout ? Ça, c'était la vie ! Je trottais, je dansais avec mes filles. Elles étaient belles ! Vous en avez tous profité, et vous le premier, monsieur Finlay. On vivait…

Elle tousse, soupire, crachote.

— Jamais je n'ai vu des hommes montrer autant d'appétit que pendant la guerre. La mort leur donnait une folle envie de vivre. Les filles ne pouvaient même plus croiser les jambes !

Elle rit.

— Elles aimaient ça. On était toutes patriotes. Ce qu'elles faisaient les honorait. Et moi aussi.

Elle hausse les épaules.

— Et puis ç'a été la victoire, reprend-elle. Et vous nous avez laissés. Et maintenant vous revenez. Qu'est-ce que vous croyez trouver ? Des vivants ? Comme on l'était dans l'autre guerre ? On a tout donné pendant ces années-là, et on n'a pas compris qu'il ne nous restait plus rien : ni sang ni énergie. Les filles m'ont dit : ils n'ont plus envie de baiser vraiment, ils veulent des histoires, c'est devenu des vicieux. À quatre pattes ils aboient, attendent qu'on les humilie, qu'on les frappe. Bien sûr, tous ces messieurs continuaient de faire semblant, en sortant de chez moi. Mais ils étaient tous devenus des petits vieux. Voilà quel a été l'effet de la guerre. Puis les Allemands les ont déculottés. Maintenant, nous savons ce que nous sommes : des impotents.

Elle dodeline de la tête.

— Beaucoup sont morts : Barruel, Oriani, Rebeirolles. Vous avez rencontré Flécheux ? Et Varin ? Deux débris. Je me suis retirée il y a près de quinze ans, quand j'ai senti que ça commençait à pourrir. J'ai acheté ce château l'année où Clemenceau est mort, en 1929, à quatre-vingt-huit ans. Si je vis autant que lui, il me reste dix ans… Mais qu'est-ce que vous voulez que j'en fasse ?

Elle se recule. Son visage disparaît à nouveau, voilé par la pénombre.

— N'oubliez pas, monsieur Finlay : dans un cimetière, mieux vaut ne pas remuer la terre. Mais vous avez déjà commencé…

Elle se racle la gorge.

— Qu'est-ce que vous allez trouver ? Des morts, seulement des morts, monsieur Finlay.

Un sanglot comme une vague monte en moi, m'étouffe, m'oblige au silence.

Mme Clarisse m'annonce ainsi, j'en suis persuadé, que mon fils n'est plus.

Je murmure :

— Jeanne, vous vous souvenez : l'une de vos domestiques du Rendez-Vous ? Elle est partie avec Juliette Dumas quand Luı´s Maurin de Montalban...

— Des morts ! Juliette revient souvent dans ma tête. J'ai oublié la plupart des morts de cette guerre, mais elle, elle est toujours là...

Mme Clarisse lève lentement le bras et pose une main sur sa poitrine. Elle tousse.

— Ils l'ont sacrifiée, brûlée ou crucifiée ! Je prie pour elle, monsieur Finlay. Chaque jour. Je sais qu'elle vit ailleurs, la pauvre petite malheureuse.

Je répète :

— Jeanne ?

Mme Clarisse laisse retomber son bras sur sa cuisse. Elle soupire. Elle avance son visage dans la lueur des flammes. Elle parle si bas que je dois m'approcher pour entendre.

Je respire son haleine fétide, son odeur rance. Je tente de vaincre la nausée qu'elle suscite.

Elle me dit que Jeanne et Léon Dumas sont vivants, qu'ils vivent non loin du château de Marsan, dans la ferme où les parents de Jeanne se sont tués, se précipitant dans le puits quand ils ont appris la mort de leurs trois fils.

— Ne cherchez pas à la voir, dit-elle en reculant à nouveau. Qu'est-ce qu'elle vous apprendra ?

Je me lève. Je murmure :

— Si vous savez quelque chose...

Elle m'interrompt :

— Ne cherchez pas, monsieur Finlay, répète-t-elle.

Elle frappe lourdement du pied, soulevant sa jambe droite avec peine.

— On trouve ce qu'on sait déjà, ajoute-t-elle. Il y a depuis 1914 trop de morts sous terre.

Je sors à reculons.

25

J'ai regardé la flaque de sang et n'ai plus su au juste où et quand je me trouvais. Ni lieu ni temps.

Était-ce la terre dévoreuse des plateaux de la Marne, des côtes de Champagne, des tranchées de la Somme, ou bien celle, ravinée, du Mort-Homme et du Chemin des Dames, ou encore celle, dévastée, des forêts décapitées de Saint-Mihiel et de l'Argonne ?

C'était la terre des morts.

J'ai levé la tête.

Jeanne pleurait. Elle regardait autour d'elle comme si elle attendait du secours. Peut-être avait-elle appelé ? J'ai vu, venant de derrière la ferme, s'avancer d'un pas lent un homme voûté. On aurait dit qu'on pesait sur ses épaules. Il portait un costume de velours et un béret noir. Il avançait en traînant ses brodequins sur la terre de l'aire.

Il s'est arrêté près de Jeanne qui tenait toujours le poulet sanguinolent par les pattes.

Il s'est tourné vers elle, puis vers moi. J'ai reconnu Léon Dumas.

Il a croisé les bras.

Nous sommes tous trois restés un long moment immobiles et silencieux.

Jeanne avait cessé de pleurer.

— Ça fait longtemps, a bougonné Léon Dumas. La première fois…

Il s'est interrompu, a montré d'un mouvement de tête la ferme.

— On reste pas plantés là, a-t-il grommelé.

Nous nous sommes assis de part et d'autre de la longue table étroite. Jeanne a placé entre nous une bouteille de vin rouge, une assiette contenant du fromage, une autre du saucisson. Le pain est enveloppé d'un chiffon blanc troué par endroits.

Elle va et vient dans cette grande pièce sombre, et bientôt j'entends le grésillement de l'huile et respire l'odeur des oignons frits.

— Ils voulaient me fusiller, dit Léon Dumas, les yeux mi-clos. Après, ils m'ont donné la Légion d'honneur. On s'est vus un peu partout. Chez cette marquise, aussi...

Je murmure :

— La marquise Mosca-Visconti.

Et je me souviens.

— Pour Juliette, pour la réhabilitation, reprend Léon Dumas, j'ai rien pu faire. Me Gerbaud a essayé, mais partout des murs. C'était qui, Juliette, pour qu'on s'occupe d'elle, de son honneur ? C'était personne, moins que personne : une putain de bordel !

J'entends le sanglot de Jeanne, son murmure : « Ne parle pas comme ça ! » Léon Dumas frappe du poing sur la table.

— Je dis ce qu'ils pensent tous. Mais les salauds, ce sont eux. Ils l'ont tuée parce qu'elle les connaissait. Elle les avait vus tout nus. Elle savait de quoi ils étaient capables. Des cochons ! Vous savez, monsieur, les cochons, ça peut devenir enragé, quand ça a peur ou faim. Ça vous arrache les mains. Ça vous mange un bébé dans son berceau. C'est les cochons qui ont condamné Juliette. Et Me Gerbaud, que voulez-vous qu'il fasse contre eux ? Il est mort, et je n'ai plus eu envie de m'occuper de ça.

Il se martèle la poitrine.

— Mais c'est toujours là... Sans le vouloir, sans le savoir, Juliette nous a réunis, Jeanne et moi. Et nos enfants, on les lui doit. La fille, on l'a appelée Juliette, et le fils Jules. Pour elle.

Je répète :

— Juliette et Jules, deux enfants...

— Vingt ans pour Juliette, et vingt-deux ans pour Jules, précise Jeanne.

Elle s'est appuyée des deux mains à la table.

— On a eu peur pour eux. Maintenant, ça va, ajoute-t-elle. Ça va être fini.

— Ça fait trente ans, dit Léon Dumas. C'est la même guerre. Comme une blessure qu'on a mal soignée et qui vous ronge.

— Et vous, monsieur Finlay ? demande Jeanne, tournée vers moi. Vous écrivez toujours ?

Je baisse la tête.

— Pas d'enfant ? reprend-elle.

J'ai honte, tout à coup, d'avoir rempli ma vie avec seulement des mots.

— Moi, dit Dumas, quand on était à demi enterrés dans nos trous d'obus, sur le Mort-Homme, et qu'autour je ne voyais que des morts, je me disais : « Si j'en sors vivant, je veux des enfants. » Ça m'étonnait moi-même, cette pensée-là, avec ce que j'avais vu de choses inhumaines, de souffrances que personne n'aurait pu imaginer, et avec ce que je faisais : tuer, essayer de ne pas être tué. C'était tout, c'était ça, la guerre. Et pourtant je voulais des enfants, j'en rêvais. J'essayais de survivre pour avoir des enfants, pour leur dire ce qu'on avait vécu, pourquoi on s'était battus, pourquoi j'étais à la fois fier et honteux de ce que j'avais fait.

Jeanne sourit.

— Tu leur as dit, ça oui ! Il leur a raconté toute sa guerre. Y en a d'autres, sur le causse, qui sont revenus muets. Lui, Léon, il a parlé tout le temps. C'est quand les Allemands sont venus que j'ai eu peur.

Léon hausse les épaules.

— Je les connaissais. Sur le plateau, on s'est planqués, avec Jules, dans les bergeries. On a laissé Jeanne et Juliette à la ferme, et nous, avec Jules, on est montés. Je me méfiais. J'ai jamais eu confiance. Pétain, déjà en 1917, c'était de bonnes paroles, la soupe plus chaude, quelques permissions, mais aussi les pelotons d'exécution pour les pauvres types. Alors, ça m'a pas étonné qu'il serre la main à Hitler.

Les heures passent. On boit. On mange ce poulet que Jeanne a saigné et plumé.

Il fait froid quand nous sortons sur l'aire, Dumas et moi. La nuit tombe vite en décembre.

Léon lève la tête.

— Un ciel comme ça..., commence-t-il.

Je regarde cette myriade d'étoiles qui constellent le bleu noir.

— On le comprend pas, continue-t-il. Et pourtant, ça aide à vivre. Sur le front, j'ai passé des nuits à le regarder. J'avais l'impression qu'il me parlait.

Il me raccompagne jusqu'à la voiture.

— Cette femme, Lucie Mourier..., dit-il soudain en s'arrêtant. Elle nous a parlé beaucoup de vous. Elle vous connaissait bien.

La lumière blanche détoure les pierres des murets. Elle sculpte le visage de Léon Dumas.

— Son fils ? ai-je murmuré.

— Trois ans de plus que Jules, dit Léon. Vous avez un moment ?

Je ne dis rien, je me contente de hocher la tête. J'ai devant moi tout ce qui me reste de vie.

Léon Dumas m'entraîne dans un chemin qui, entre deux murets, s'enfonce à travers ces champs caillouteux sur lesquels la clarté se brise avant de rejaillir.

Il s'arrête. Il allume son gros briquet de cuivre, approche la flamme d'une pierre au bord du chemin, dressée verticalement au-dessus du muret. Quelqu'un a écrit en lettres noires qui épousent les aspérités du calcaire :

« *Ici est tombé en héros Henri-François Mourier, né le 25 décembre 1919, mort pour la France le 2 août 1944.* »

Il éteint la flamme entre ses doigts.

— Trente ans, jour pour jour, après le commencement de la nôtre, murmure-t-il.

Il m'a pris le bras. Nous marchons.

— Vous ne le connaissiez pas ? demande-t-il.

Je voudrais m'agenouiller, prier, demander pardon.

— Vous l'auriez aimé, dit Dumas d'une voix adoucie.

Je trébuche. Il me retient, m'empêche de tomber.

— Il vous aurait aimé aussi, murmure-t-il.

Table

DU MÊME AUTEUR

ROMANS

Le Cortège des vainqueurs, Robert Laffont, 1972.
Un pas vers la mer, Robert Laffont, 1973.
L'Oiseau des origines, Robert Laffont, 1974.
Que sont les siècles pour la mer, Robert Laffont, 1977.
Une affaire intime, Robert Laffont, 1979.
France, Grasset, 1980 (et Le Livre de Poche).
Un crime très ordinaire, Grasset, 1982 (et Le Livre de Poche).
La Demeure des puissants, Grasset, 1983 (et Le Livre de Poche).
Le Beau Rivage, Grasset, 1985 (et Le Livre de Poche).
Belle Époque, Grasset, 1986 (et Le Livre de Poche).
La Route Napoléon, Robert Laffont, 1987 (et Le Livre de Poche).
Une affaire publique, Robert Laffont, 1989 (et Le Livre de Poche).
Le Regard des femmes, Robert Laffont, 1991 (et Le Livre de Poche).
Un homme de pouvoir, Fayard, 2002.

SUITES ROMANESQUES

La Baie des Anges :

I. *La Baie des Anges*, Robert Laffont, 1975 (et Pocket).
II. *Le Palais des Fêtes*, Robert Laffont, 1976 (et Pocket).
III. *La Promenade des Anglais*, Robert Laffont, 1976 (et Pocket). » (Parue en 1 volume dans la coll. « Bouquins », Robert Laffont, 1998.)

Les hommes naissent tous le même jour :

I. *Aurore*, Robert Laffont, 1978.
II. *Crépuscule*, Robert Laffont, 1979.

La Machinerie humaine :
- *La Fontaine des Innocents*, Fayard, 1992 (et le Livre de Poche).
- *L'Amour au temps des solitudes*, Fayard, 1992 (et le Livre de Poche).
- *Les Rois sans visage*, Fayard, 1994 (et le Livre de Poche).
- *Le Condottiere*, Fayard, 1994 (et le Livre de Poche).
- *Le Fils de Klara H.*, Fayard, 1995 (et le Livre de Poche).
- *L'Ambitieuse*, Fayard, 1995 (et le Livre de Poche).
- *La Part de Dieu*, Fayard, 1996 (et le Livre de Poche).
- *Le Faiseur d'or*, Fayard, 1996 (et le Livre de Poche).
- *La Femme derrière le miroir*, Fayard, 1997 (et le Livre de Poche).
- *Le Jardin des Oliviers*, Fayard, 1999 (et le Livre de Poche).

Bleu, blanc, rouge :

I. *Mariella*, Éditions XO, 2000 (et Pocket).
II. *Mathilde*, Éditions XO, 2000 (et Pocket).
III. *Sarah*, Éditions XO, 2000 (et Pocket).

Les Patriotes :

I. *L'Ombre et la Nuit*, Fayard, 2000 (et le Livre de Poche).
II. *La flamme ne s'éteindra pas*, Fayard, 2001 (et le Livre de Poche).
III. *Le Prix du sang*, Fayard, 2001 (et le Livre de Poche).
IV. *Dans l'honneur et par la victoire*, Fayard, 2001 (et le Livre de Poche).

Les Chrétiens :

I. *Le Manteau du soldat*, Fayard, 2002.
II. *Le Baptême du roi*, Fayard, 2002.
III. *La Croisade du moine*, Fayard, 2002.

POLITIQUE-FICTION

La Grande Peur de 1989, Robert Laffont, 1966.
Guerre des gangs à Golf-City, Robert Laffont, 1991.

HISTOIRE, ESSAIS

L'Italie de Mussolini, Librairie Académique Perrin, 1964, 1982 (et Marabout).
L'Affaire d'Éthiopie, Le Centurion, 1967.
Gauchisme, réformisme et révolution, Robert Laffont, 1968.
Histoire de l'Espagne franquiste, Robert Laffont, 1969.
Cinquième Colonne, 1939-1940, Plon, 1970 et 1980,

Éditions Complexe, 1984.
Tombeau pour la Commune, Robert Laffont, 1971.
La Nuit des Longs Couteaux, Robert Laffont, 1971 et 2001.
La Mafia, mythe et réalités, Seghers, 1972.
L'Affiche, miroir de l'Histoire, Robert Laffont, 1973, 1989.
Le Pouvoir à vif, Robert Laffont, 1978.
Le XXe Siècle, Librairie Académique Perrin, 1979.
La Troisième Alliance, Fayard, 1984.
Les idées décident de tout, Galilée, 1984.
Lettre ouverte à Robespierre sur les nouveaux Muscadins, Albin Michel, 1986.
Que passe la Justice du Roi, Robert Laffont, 1987.
Manifeste pour une fin de siècle obscure, Odile Jacob, 1989.
La gauche est morte, vive la gauche, Odile Jacob, 1990.
L'Europe contre l'Europe, Le Rocher, 1992.
Jè. Histoire modeste et héroïque d'un homme qui croyait aux lendemains qui chantent, Stock, 1994.
L'Amour de la France expliqué à mon fils, Le Seuil, 1999.
Histoire du monde de la Révolution française à nos jours en 212 épisodes, Fayard, 2001.

BIOGRAPHIES

Maximilien Robespierre, histoire d'une solitude, Librairie Académique Perrin, 1968 (et Pocket).
Garibaldi, la force d'un destin, Fayard, 1982.
Le Grand Jaurès, Robert Laffont, 1984 et 1994 (et Pocket).
Jules Vallès, Robert Laffont, 1988.
Une femme rebelle. Vie et mort de Rosa Luxemburg, Fayard, 2000.

Napoléon :

I. *Le Chant du départ*, Robert Laffont, 1997 (et Pocket).
II. *Le Soleil d'Austerlitz*, Robert Laffont, 1997 (et Pocket).
III. *L'Empereur des rois*, Robert Laffont, 1997 (et Pocket).
IV. *L'Immortel de Sainte-Hélène*, Robert Laffont, 1997 (et Pocket).

De Gaulle :

I. *L'Appel du destin*, Robert Laffont, 1998 (et Pocket).
II. *La Solitude du combattant*, Robert Laffont, 1998 (et Pocket).
III. *Le Premier des Français*, Robert Laffont, 1998 (et Pocket).
IV. *La Statue du Commandeur*, Robert Laffont, 1998 (et Pocket).

Victor Hugo :

I. *Je suis une force qui va !*, Éditions XO, 2001.
II. *Je serai celui-là !*, Éditions XO, 2001.

César Imperator, Éditions XO, 2003.

CONTE

La Bague magique, Casterman, 1981.

EN COLLABORATION

Au nom de tous les miens,
de Martin Gray, Robert Laffont,
1971 (et Pocket).

Vous pouvez consulter le site Internet de Max Gallo sur www.maxgallo.com

7745

Composition Chesteroc Ltd
Achevé d'imprimer en France (Manchecourt)
par Maury-Eurolivres
le 2 septembre 2005.
Dépôt légal septembre 2005. ISBN 2-290-34075-8

Éditions J'ai lu
87, quai Panhard-et-Levassor, 75013 Paris
Diffusion France et étranger : Flammarion